10
18

12, AVENUE D'ITALIE. PARIS XIIIe

Sur l'auteur

Nancy Mitford (1904-1973) est née à Londres mais a passé une grande partie de sa vie en France. Elle connut le succès littéraire grâce à *La Poursuite de l'amour*, qui fut publié en 1945 et se vendit à plus de un million d'exemplaires. Cette œuvre précède de quatre ans son autre grand succès, *L'Amour dans un climat froid*. Nancy Mitford a écrit de nombreux autres romans, dont *Le Cher Ange*, *Pas un mot à l'ambassadeur* et *Charivari*.

NANCY MITFORD

TIR AUX PIGEONS

Traduit de l'anglais
par Charlotte Motley

10
18

CHRISTIAN BOURGOIS ÉDITEUR

Du même auteur
aux Éditions 10/18

L'AMOUR DANS UN CLIMAT FROID, n° 1470
LA POURSUITE DE L'AMOUR, n° 1515
CHARIVARI, n° 4547
► TIR AUX PIGEONS, n° 4907

Titre original :
Pigeon Pie

ISBN 978-2-264-07239-9

À

PHYLLIS BLAKE, MARGARET CANDLER

et, bien sûr, au

MERVEILLEUX VIEUX CHANTEUR

de Kew Green lui-même

JE DÉDIE CE LIVRE

« J'espère que quiconque sera assez aimable pour le lire dans une nouvelle édition se rappellera qu'il a été écrit avant Noël 1939. Publié le 6 mai 1940, il fut une des premières victimes sans importance de la vraie guerre qui commençait alors. »

Nancy Mitford
Paris, 1951

1

Sophia Garfield avait une vision claire de ce à quoi ressemblerait le début de la guerre. Il y aurait une grande détonation, suivie par une obscurité d'encre et un vent froid. Trébuchant sur des tas de décombres et de cadavres, Sophia chercherait avec application, mais sans espoir, son mari, son amant et son chien. C'était dans son esprit comme la Fin du Monde ou les Derniers Jours de Pompéi, et cela faisait alors plus de deux ans qu'elle s'armait de courage afin d'endurer avec fermeté les épreuves mentales et physiques qui devaient accompagner ce cataclysme.

Mais rien dans la vie n'arrive comme nous nous y attendons, et le début de la grande guerre contre Hitler ne se produisit certainement pas conformément aux plans de quiconque, sinon peut-être à ceux d'Hitler. En fait, Sophia traversait dans sa Rolls-Royce une de ces villes grises et sans caractère de la frontière entre l'Angleterre et l'Écosse quand elle vit un homme qui vendait des journaux ; sur l'affiche qu'il portait comme un tablier étaient griffonnés au crayon les mots LA GUERRE A COMMENCÉ. Comme nous étions le 31 août 1939, la guerre qui avait commencé était l'invasion de la Pologne par l'Allemagne. Cependant, la vraie guerre commença plus pompeusement, sinon en accord avec les idées préconçues, quelque quatre jours plus tard. Il n'y eut pas de grande détonation, mais Mr Chamberlain dit à la radio quel rude coup ç'avait été pour lui avant de s'appliquer à soulager la tension en faisant retentir les sirènes qui produisirent un très joli effet théâtral, même si quelques citoyens, croyant leur dernier jour arrivé, furent légèrement contrariés par cette curieuse blague.

La guerre de Sophia commença dans cette ville-frontière. Elle se sentit plutôt frissonnante quand elle vit l'affiche et dit à Rawlings, son chauffeur : « Vous avez vu ? », et Rawlings répondit : « Oui, m'lady, j'ai vu. » Puis ils passèrent devant une hideuse église de style victorien tardif, et on aurait dit que toute la population était occupée à la protéger à l'aide de sacs de sable. Sophia, qui n'avait jamais vu de sac de sable, se mit à pleurer, en partie de peur et en partie parce qu'elle était un peu touchée de voir les gens se donner tant de mal pour une église si laide qu'elle aurait pu être construite exprès pour les bombes. Plus loin sur la route, dans un petit village gris, une bande d'enfants, avec des étiquettes autour du cou et des ballots dans les bras, se tenaient près d'un car. La plupart braillaient. Rawlings fit remarquer spontanément qu'il ne s'était jamais attendu à voir des réfugiés en Angleterre, qu'Hitler était un porc et qu'il aimerait lui mettre la main dessus. Au garage où ils s'arrêtèrent pour prendre de l'essence, l'homme dit que nous ne pourrions jamais plus garder la tête haute si nous n'en finissions pas maintenant.

Quand ils arrivèrent à Carlisle, Sophia décida qu'elle devait rentrer en train à Londres. Cela faisait déjà dix heures qu'elle était sur la route et elle était atrocement courbatue, mais ayant convenu d'aider à l'évacuation de mères et d'enfants, elle devait se rendre dans une école sur Commercial Road à huit heures le lendemain matin. Elle dit donc à Rawlings de passer la nuit à Carlisle et elle prit le train pour Londres. Il n'y avait pas de wagons-lits, le train était plein de soldats ivres, et il était plongé dans le noir. Certains voyages demeurent dans la mémoire comme un cauchemar encore pire qu'une mauvaise maladie ; celui-ci devait être l'un d'eux. Sophia eut la chance de trouver une place alors qu'il y avait des gens debout dans les couloirs. Elle ne s'en installa pas moins, partageant le compartiment avec un officier écossais, sa très jeune femme, une dame désagréable entre deux âges et plusieurs hommes endormis. La dame désagréable et la femme de l'officier étaient toutes deux accompagnées de chiots, ce qui surprit Sophia. Elle s'était arrachée à sa Milly ce matin, ne voulant pas avoir un objet en plus à chercher dans les décombres et les cadavres. Bientôt l'obscurité totale descendit, et ses compagnons de voyage devinrent de simples formes indistinctes et des voix prenant des proportions fantomatiques.

La femme de l'officier alla aux toilettes, et le petit officier dit en confidence à Sophia : « Nous ne sommes mariés que depuis samedi et elle est très triste », ce qui fit de nouveau pleurer Sophia. Elle pensa qu'elle allait passer la guerre dans un fleuve de larmes, qu'elle avait faciles. La dame désagréable dit alors qu'il semblait idiot de faire la guerre pour la Pologne, mais personne ne prit la peine de relever.

« Retenez bien ce que je vous dis, insista-t-elle, cela signifiera un shilling de plus sur nos impôts. »

Qu'il soit vrai ou non que les gens qui se noient ont droit à un spectacle cinématographique de leur vie passée, il est indubitable que, pendant les voyages abominables entrepris sans objet réjouissant en vue, les pensées de la plupart sont enclines à prendre cet aspect de noyade, que ce soit en regard des événements passés ou à venir. Sophia, affreusement fatiguée, mais incapable de dormir, se mit à reconstituer en pensée des scènes de sa vie passée.

Fille unique d'un pair veuf, qui savait écrire son nom : Maida Vale, mais pas beaucoup plus, elle avait vu Londres pour la première fois à l'âge de dix-huit ans. Une tante l'avait alors sortie dans le monde. Elle était tombée sous l'influence des romans de Maurice Baring, son héros idéal était un diplomate affable, peut-être légèrement chauve et énormément cultivé. Les gentlemen répondant à cette description n'abondaient pas dans les bals auxquels elle allait, et les blancs-becs de vingt ans qui les fréquentaient en majorité furent pour elle source de désillusion. Si elle n'était pas timide et possédait un caractère vif et enjoué, elle ne faisait pas l'évaporée et de ce fait n'obtint jamais beaucoup de succès auprès des très jeunes. À la fin de sa première saison londonienne, à l'occasion des courses de Goodwood, elle fut invitée dans un château avec de nombreuses autres personnes parmi lesquelles se trouvait Luke Garfield. Il venait juste de quitter le service diplomatique pour travailler à la City. Ses manières cultivées et très pompeuses, ses vêtements parfaits, sa connaissance des affaires étrangères et sa légère calvitie lui donnaient du prestige aux yeux de Sophia, et il devint son héros. De son côté, Luke vit immédiatement que le charme et la beauté inhabituelle de cette dernière lui seraient d'une aide inestimable dans sa carrière et, pour autant qu'il fût capable d'une émotion aussi vive, il tomba amoureux de la fille. Il lui fit sa déclaration au mois de novembre suivant, après qu'elle lui eut servi le thé dans le salon de sa tante. Son pantalon à fines rayures et sa retenue parfaite lui semblaient tout à fait idéaux, la scène aurait pu sortir d'un livre pour jeunes filles et fut couronnée à ses yeux par la suggestion que fit Luke qu'ils passent leur lune de miel à Rome où il avait été récemment *en poste*[1].

Combien de temps il lui fallut pour réaliser qu'il était un fat pompeux, elle ne se le rappelait pas. C'était un touriste assommant, et il lui fit visiter Rome avec une assiduité consciencieuse, sans jamais la laisser s'asseoir sur une pierre pour utiliser ses propres yeux. Les plaisanteries qu'elle faisait l'agaçaient sans jamais l'amuser. Quand elle déclara que tous les monuments de Rome portaient des noms de cinémas londoniens, il se plaignit qu'elle était insulaire, bouffonne et infantile. Elle était insulaire, effectivement ; elle adorait l'Angleterre et n'avait jamais pensé que l'étranger valait la peine qu'on s'y rendît. Luke parlait l'italien d'une façon si horriblement affectée qu'elle était gênée de l'entendre.

C'est au cours de sa lune de miel à Rome qu'elle rencontra Rudolph Jocelyn. Il ne lui fit pas grande impression, étant l'antithèse de ce qu'elle admirait tant alors. Il n'était ni chauve ni affable ni diplomate dans aucune acception du terme. Au contraire, il possédait une tignasse d'un blond filasse, parlait de manière indistincte, s'habillait mal et était toujours très pressé. Luke ne l'appréciait pas. Il disait que les activités journalistiques de Jocelyn ne cessaient de créer des ennuis avec les Italiens à l'ambassade. De plus, il fréquentait des gens de peu et avait l'air minable, et le fait qu'il parlait l'italien comme un

1. En français dans le texte.

autochtone, et deux dialectes en plus, ne le lui rendait pas sympathique pour autant. Quelques mois plus tard, Sophia apprit qu'il avait mobilisé l'armée italienne dans un moment où il se sentait d'humeur facétieuse. La nouvelle s'étala en première page de son journal et Rudolph Jocelyn dut abandonner la carrière de journaliste.

Sophia possédait une nature heureuse et était amusée par la vie. Si elle était légèrement désillusionnée, elle n'était pas pour autant malheureuse en ménage. Luke était froid comme un poisson et atrocement ennuyeux, mais elle se mit bientôt à le considérer comme une formidable plaisanterie et, puisqu'elle aimait les plaisanteries, à avoir beaucoup d'affection pour lui, le jour, qui arriva rapidement, où elle cessa d'être amoureuse de lui. De plus elle le voyait très peu. Il quittait la maison avant qu'elle fût correctement réveillée, ne revenant qu'à temps afin de s'habiller pour dîner, puis ils dînaient dehors. Ils allaient toujours chez des amis à la campagne du samedi au lundi. Sophia passait souvent plusieurs semaines avec son père, dans le Worcestershire ou en Écosse. Apparemment Luke devenait très riche. Environ deux fois par semaine, il l'obligeait à recevoir ou à aller chez des hommes d'affaires d'un ennui insupportable, généralement américains. Il lui avait expliqué qu'elle devait considérer cela comme son travail et elle avait donc acquiescé humblement, mais malheureusement elle ne faisait pas très bien son travail, et Luke n'hésitait jamais à le lui faire savoir. Il disait qu'elle se comportait avec les femmes de ces milliardaires comme si elles étaient des paysannes et elle, une duchesse en visite. Il disait qu'elles n'étaient pas habituées à être traitées avec condescendance par les femmes d'hommes beaucoup plus pauvres, qui espéraient faire affaire avec leurs maris. Sophia n'arrivait pas à comprendre tout cela. Elle pensait être formidable avec elles, mais elles lui paraissaient d'une autre espèce.

« Je ne vois tout simplement pas l'intérêt de se lever à six heures tout le temps de sa jeunesse et de travailler dix-huit heures par jour afin d'être milliardaire, puis, quand on est milliardaire, de continuer à se lever à six heures et de travailler dix-huit heures par jour, comme Mr Holst. Et la pauvre Mrs Holst, qui s'est levée à six heures toutes ces années, maintenant qu'elle peut dormir le matin, ne possède que le plus misérable petit clip en diamant qu'on ait jamais vu. Qu'est-ce que tout ça veut dire ? »

Luke parla de grosses affaires et de ne pas immobiliser son capital. Mr Holst était le président de la société dont celle de Luke était la filiale londonienne, et les visites des Holst en Angleterre étaient un cauchemar pour Sophia. Elle était obligée de beaucoup voir Mrs Holst et d'écouter des heures durant le récit de ses luttes passées aussi bien que d'immenses leçons sur la morale des affaires.

« Lady Sophia, disait Mrs Holst, tripotant son minuscule clip en diamant, j'espère que vous et sir Luke réalisez pleinement que Mr Holst a confié sa réputation – car l'affaire, lady Sophia, ne fait qu'une avec la réputation de Mr Holst, et en fait Mr Holst m'a souvent dit que l'affaire de Mr Holst est Mr Holst – eh bien, comme je disais, cette réputation est entre les mains de sir Luke et entre les vôtres, lady Sophia. Je dis toujours que la femme d'un homme d'affaires devrait être la femme de César. Ainsi que je vous l'ai dit, lady Sophia, Mr Holst a travaillé vingt heures par jour pendant trente ans pour monter son affaire. Bien souvent je l'ai entendu déclarer : "Ma maison est mon bureau et mon bureau est ma maison", et cela, lady Sophia, est la plus pure vérité. Maintenant, comme je disais... », et ainsi de suite.

Sophia, qui n'avait pu se sortir de la tête que la City était une grande pièce dans laquelle un tas d'hommes étaient assis à longueur de journée à opérer des additions, et qui était bien sûr tout à fait incapable de faire la différence entre agents de change, courtiers de change, banquiers et marchands de titres, trouvait ces leçons aussi incompréhensibles que le fait que Mrs Holst prenne un tel intérêt à la profession de son mari alors qu'elle n'avait produit, pour elle-même, qu'un malheureux petit clip en diamant. Sophia adorait les bijoux, elle en avait heureusement hérité de très beaux de sa mère, et Luke, qui n'était pas du tout radin, enrichissait souvent sa collection quand il avait conclu une affaire.

Le train s'arrêta. L'officier écossais, sa femme, la dame désagréable et leurs chiots descendirent. Il était une heure du matin. De très jeunes soldats se déversèrent du couloir bondé dans le compartiment. Ils étaient très ivres, ne cessant de chanter une petite chanson cochonne qui faisait l'inventaire des bouts d'Hitler qu'ils allaient rapporter. Tous finirent par s'endormir, deux avec la tête sur les genoux de Sophia. Comme elle était trop fatiguée pour les pousser, ils passèrent le restant du trajet à ronfler sur elle leur haleine brûlante.

Ses pensées poursuivirent leur cours. Après quelques années de mariage, Luke avait adhéré à la Boston Brotherhood, une de ces nouvelles religions qui nous arrivent tous les six mois et quelques de l'autre rive de l'Atlantique. Au début elle avait soupçonné qu'il y voyait un moyen de faire des affaires profitables avec ses membres, mais au bout d'un certain temps il devint sincère. Il instaura des réunions les week-ends dans leur maison de Londres, ce qui signifiait cent personnes à chaque repas, de longues files animées devant les toilettes, des confessions publiques dans le salon, et de discrets apartés dans le cagibi de la bonne. Sophia ne s'était pas très bien conduite dans toute cette affaire, elle avait en fait joué un double jeu afin d'en tirer l'entier bénéfice. Elle permettait aux gens de se confesser à elle et se confessait elle-même d'une manière parfaitement éhontée, feuilletant les pages de Freud à la recherche de nouveaux péchés à l'aide desquels fasciner les Frères, qui bien entendu l'adoraient. C'est précisément à cette époque que tout dans la vie de Sophia commença à sembler beaucoup plus amusant à cause de Rudolph Jocelyn dont elle était tombée amoureuse. Il venait à toutes les réunions du week-end, aux thés, aux déjeuners buffets et autres festivités de la nouvelle chrétienté, et Luke, s'il le détestait toujours autant, le supportait d'un cœur joyeux et fraternel, le considérant sans nul doute comme une sorte de pénitence envoyée pour le châtier, tout autant qu'un tison à tirer du feu. Les Frères, comme les catholiques, touchent une prime pour les âmes.

Sophia et Rudolph s'aimaient beaucoup. Cela ne signifie pas qu'il ne leur était jamais venu à l'esprit de modifier la situation actuelle, qui semblait exactement convenir à toutes les parties : Rudolph était incapable de se voir en homme marié, et Sophia craignait que le divorce, le remariage et en conséquence la pauvreté ne fissent pas ressortir ce qu'il y avait de meilleur dans sa nature. Quant à Luke, il s'était lié avec une âme sœur bostonienne et fraternelle prénommée Florence et était parfaitement satisfait de l'état des choses. Il voyait bien que Florence ne présenterait pas aussi bien que Sophia quand il recevrait des clients potentiels. Sophia ne manifestait peut-être pas un tact idéal avec leurs épouses, mais elle irradiait une atmosphère de sécurité et d'inéluctabilité du statu quo de la classe supérieure, ce que Florence, toute sainte qu'elle fût, ne faisait pas. De plus, Luke n'était pas du tout le genre d'homme à approuver le divorce. D'âge mûr, assez gros et très riche, il aurait l'air ridicule, il le savait, si sa femme partait avec un jeune homme pauvre, beau et peu honorable. Qu'on nous permette de chuchoter aussi que Luke et Sophia, après tant d'années, étaient vraiment plutôt attachés l'un à l'autre.

Tandis que Sophia considérait sa vie passée, elle se sentait absolument certaine qu'elle était désormais terminée, totalement révolue. Elle était derrière elle, tandis qu'elle-même, à chaque tour de roue, était transportée en direction de cette bruyante détonation, ces ruines, ces cadavres et cette absence d'êtres aimés. Elle avait été prise tout à fait au dépourvu par la guerre, se trouvant avec son père dans un coin reculé de l'Écosse où téléphone et radio étaient inconnus, et où les journaux avaient souvent trois jours de retard. Maintenant, dans ce train obscur bondé de soldats, elle se trouvait déjà enveloppée par elle. Le ciel de Londres était probablement noir d'avions ennemis, mais l'appréhension était de si peu d'utilité qu'elle se concentra sur le bonheur de sa vie passée. L'avenir devrait prendre soin d'elle à sa manière. Elle commença à somnoler et des images envahirent son esprit. Le premier rendez-vous de chasse auquel elle s'était rendue, au petit matin, avec le régisseur de son père. Elle se le rappelait souvent, et il était devenu une image composite de toutes les chasses au renardeau auxquelles elle avait participé, des bois en automne et de l'odeur des feux, des feuilles mortes et des chevaux en sueur. Quand elle rentrait de la dernière chasse de la saison, en fin d'après-midi un jour de printemps, il y avait des primevères et des violettes sous les haies, très très loin le son d'une trompe, et plus tard un hibou. Le monde n'est pas un mauvais endroit, il est dommage d'être obligé de mourir. Mais, évidemment, ce n'est un bon endroit que pour très peu de gens. Pensez à Dachau, pensez à la Chine, et la Tchécoslovaquie et l'Espagne. Pensez aux zones sinistrées. Nous devons mourir maintenant, et il faut qu'il y ait un nouveau monde. Sophia s'endormit et ne se réveilla qu'à Euston. Elle se rendit à l'hôtel de la gare, prit un bain et arriva à Commercial Road pile à huit heures du matin. De la journée qui suivit elle n'avait que peu de souvenirs. Les Londoniennes avaient été formidables, leurs hôtesses campagnardes extrêmement désagréables. Ç'avait été une triste affaire.

Après quoi, Sophia se mit au lit et dormit treize heures.

2

Elle se leva à temps pour le déjeuner. Il n'y avait pas eu de bruyante détonation, la maison n'était pas en ruine et, quand elle sonna, Greta, sa femme de chambre allemande, apparut.

« Oh, Greta, je pensais que vous étiez partie.

— Partie, Frau Gräfin ? »

Ni les arguments ni la persuasion de Sophia n'avaient réussi à empêcher Greta de l'appeler ainsi.

« En Allemagne.

— Oh non, Frau Gräfin. Sir Luke dit qu'il n'y aura pas la guerre. Notre bon Führer ne fera pas la guerre à l'Angleterre. »

Sophia était passablement embêtée. Elle n'avait jamais aimé Greta et ne s'attendait pas à la trouver ici. Elle demanda si sir Luke était là, et il lui fut répondu que oui et qu'il avait commandé un déjeuner pour quatre personnes. Il faisait très chaud et elle mit une robe en soie que, à cause de l'été froid, elle n'avait pas pu mettre jusqu'alors.

Rudolph était dans le salon, occupé à faire un cocktail.

« Tu as vu Florence ? Dieu lui a inspiré de se teindre les cheveux.

— Non… de quelle couleur… où est-elle ?

— Orange. En bas, dit-il, attirant Sophia à lui de la main qui ne tenait pas le shaker, et l'embrassant. Comment te sens-tu ?

— Très contente de te voir. Le temps m'a paru long. »

Florence fit son apparition, suivie de Luke. Ses cheveux, qui avaient été bruns, étaient effectivement d'une riche couleur marmelade, et elle était assez élégamment vêtue d'un crêpe de Chine imprimé, bien que la robe ne fît pas grand effet à côté de celle de Sophia.

« Prenez un verre », dit Rudolph en les servant. Florence lui adressa un sourire torturé et enjoué et déclara qu'elle trouvait extraordinairement peu de plaisir à boire ces temps-ci. Luke, qui détestait se voir proposer à boire chez lui, refusa plus sèchement. « Le déjeuner est prêt », dit-il.

Ils descendirent.

« Est-ce que la guerre a commencé ? » demanda Sophia, se demandant qui pouvait bien avoir commandé de la soupe pour le déjeuner, et voyant là la main de Florence guidée par Dieu. Elle supposa que Florence habitait la maison.

« Non, dit Rudolph. Je ne sais pas ce que nous attendons.

— D'après mes informations, dit Luke – sur quoi Rudolph fit un grand clin d'œil, car Luke utilisait très souvent ces mots et ses informations n'étaient très souvent pas tout à fait justes –, d'après mes informations, notre Premier ministre (ici sa voix prit un ton déférent) va réussir à sauver la paix encore une fois. Mais tout a un prix, naturellement. Il va falloir que nous sacrifiions la Pologne, bien sûr, mais j'ai entendu dire que les Polonais sont dans une très mauvaise passe, pourris par le communisme, vous savez, et qu'ils auront de la chance d'avoir Herr Hitler pour redresser la situation. Et puis il va peut-être falloir que nous donnions une colonie ou l'autre, et bien sûr un gros prêt.

— Et le pacte avec les Russes ?

— Ne signifie rien… absolument rien. Herr Hitler ne tolérera jamais la présence des bolcheviques en Europe. Non, rien à craindre. Nous n'avons aucun différend avec l'Allemagne que notre Premier ministre et Herr Hitler ne puissent régler de manière pacifique. »

Sophia déclara brièvement : « Eh bien, s'ils font cela, et que ça ne provoque pas une révolution ici, je quitterai ce pays pour toujours et j'irai vivre ailleurs, c'est tout. Mais je ne veux pas y croire. »

Puis, son expérience passée lui rappelant que ce genre de conversation était non seulement inutile mais également une source de ressentiment, elle changea de sujet. Elle n'avait jamais été aussi près de se séparer de Luke qu'à l'époque de Munich, quand, aux yeux de ce dernier, notre Premier ministre s'était élevé aux mêmes sommets que Frère Bones, fondateur de la Boston Brotherhood, et presque, pourrait-on dire, que Dieu. D'après ses informations, donc, les Polonais étaient dans une très mauvaise passe, pourris par le communisme, et ils auraient de la chance d'avoir Herr Hitler pour redresser la situation. Ses informations le poussaient aussi à penser qu'un désarmement universel suivrait les accords de Munich, et que les Sudètes étaient positivement la dernière exigence territoriale d'Hitler en Europe. Carlyle a dit que l'identité de sentiment et la différence d'opinion sont les éléments d'un dialogue agréable. Le dialogue dans de nombreux foyers anglais en ce moment était loin d'être agréable.

« Et voilà qu'une imbécile d'employée de l'assistance sociale s'est approchée d'une femme avec huit enfants noirs comme le charbon et a dit : "Vous n'avez pas d'étiquette jaune, donc vous ne pouvez pas être enceinte", et la femme a dit : "Ah vraiment ? Il va être content, le papa, d'apprendre ça !" Et quand nous sommes arrivés sur la place du village le pasteur nous attendait, il a regardé les dames enceintes et a dit, avec beaucoup de tristesse : "Penser qu'un seul homme est responsable de tout ça." C'est absolument vrai. »

Rudolph la regardait avec admiration. Il adorait le talent qu'avait Sophia de broder sur ses expériences, et la façon dont elle se précipitait d'hyperbole en hyperbole, concluant sur un fol apogée d'improbabilité par les mots : « C'est absolument vrai. » À en croire Sophia, elle ne pouvait quasiment pas sortir de chez elle sans rencontrer le genre d'aventure qui arrive une fois dans la vie d'une personne ordinaire. Ses histoires avaient toujours une base de vérité, ce qui ajoutait à la fascination de Rudolph, qui s'amusait à essayer de faire la part de la réalité et de la fiction.

« Sophia chérie, dit-il, comme elle parvenait au bout d'un réel tour de force à propos de son père qu'elle avait quitté occupé à noircir le gravier de son allée dont il pensait qu'il serait particulièrement visible du ciel. Je sais quel sera ton boulot pendant la guerre – emmener les espions allemands déjeuner pour leur dire ce que tu crois être la vérité. Quand tu les regarderas dans les yeux en déclarant : "Je vous jure que c'est absolument vrai", ils prendront tes dires pour paroles d'évangile du fait qu'il est si évident que c'est ce que tu fais toi-même. Les autorités te demanderont simplement de dire la vérité vraie, et tu feras le reste pour elles.

— Oh, Rudolph, quelle merveilleuse idée ! »

Elle emmena Florence au premier. Florence se trémoussait beaucoup, ce qu'elle faisait toujours quand elle était gênée, et en dépit de la conscience qu'elle avait de sa supériorité dans le domaine moral, elle se sentait souvent gênée avec Sophia. Elle déclara d'une voix forte et franche : « J'espère que ça ne vous gêne pas, Sophia. Que j'habite ici.

— Oh, parfait. J'espère que vous êtes bien installée. Si vous voulez faire repasser quelque chose, demandez juste à Greta. »

Florence répondit qu'elle avait extraordinairement peu besoin des services d'une femme de chambre, ce qui ne trompa pas un instant Sophia, à qui Greta avait dit, dans un accès de confidences, que Fräulein Turnbull lui donnait plus de travail que trois Frau Gräfin.

Florence prit alors une grande inspiration, toujours chez elle prélude à une bouffée de christianisme, et dit que la situation était très grave et qu'elle était triste de voir que les gens s'occupaient si peu de leur âme, comme Sophia et Rudolph.

« Nous ne pensons pas que nos petites âmes corrompues soient si importantes que ça.

— Ah mais, voyez-vous, ce ne sont pas seulement nos âmes. Chaque personne a une quantité d'autres âmes qui convergent vers elle – c'est ce qui fait de cette vie une aventure si terriblement amusante. Dans votre cas, Sophia, avec votre beauté et votre position, vous pourriez influencer directement et indirectement des centaines… oui, des centaines de gens. Pensez comme ça serait excitant. »

Sophia comprit qu'elle allait devoir subir un sermon et se résigna. Elle savait de triste expérience que répondre ne faisait qu'encourager la Confrérie à redoubler d'efforts.

« Vous savez, ma chère, Luke en est très peiné. Cela le blesse quand vous parlez comme vous avez fait au déjeuner, avec désinvolture et exagération. Si vous pouviez vous rendre compte à quel point cela rend heureux de dire la vérité, même pour les plus petites choses. La vérité ajoute une telle valeur aux relations humaines.

— À certaines, dit Sophia avec insouciance. Pour moi, ce qui ajoute de la valeur à ma relation avec Rudolph, c'est de dire autant de mensonges que possible et aussi drôles que possible. Ça lui plaît.

— Je me demande si cette sorte de relation a beaucoup de valeur. Personnellement, les gens dont l'intimité m'importe sont ceux dont vous sentez qu'ils feraient un bon troisième si Dieu vous invitait à dîner. »

Sophia aurait aimé que Florence ne parlât pas du Tout-Puissant comme s'il s'appelait Dieudonné et que Dieu était juste le petit nom par lequel elle le désignait.

« Oh, Dieu s'entendrait très bien avec Rudolph », dit-elle.

Florence sourit de son grand sourire crucifié et répondit qu'elle était sûre qu'il y avait du bon dans Rudolph si on savait où le chercher. Puis elle se trémoussa et dit, très fort : « Oh, Sophia, comme vous seriez plus heureuse, et ceux qui vous entourent, si vous donniez vos péchés à Dieu. Je sens qu'il y aurait, oh ! une atmosphère si gaie dans cette maison si vous pouviez apprendre à faire cela.

— Seulement un péché, Florence, bien innocent. Je ne vole pas, j'honore mon père, je ne convoite pas et je ne tue pas.

— Peut-être que la légèreté est le pire de tous.

— Je ne suis pas légère, mais je ne suis pas religieuse et je ne le serai jamais, même si je devais vivre cent ans. C'est une affaire de tempérament, vous savez. »

C'était un faux pas. Florence se lança alors dans un galimatias de philosophie bidon que nulle puissance, excepté une explosion, n'aurait pu arrêter. La pauvre Sophia s'installa confortablement et laissa courir. Ainsi en fut-il jusqu'à ce que les hommes entrent au salon et que Florence gratifie Luke d'un éclair de ses dents blanches et régulières qui ne signifiait que trop clairement : « J'ai encore échoué. »

« Je monte juste me reposer un peu, dit-elle. Je serai prête dans une demi-heure. » Elle et Luke jouaient au golf le samedi après-midi.

« Je descends me reposer un peu et je serai prêt dans environ une demi-heure », dit Rudolph, prenant le *Tatler*. À son retour il dit : « Viens, Sophia, je t'emmène trouver du boulot à la défense passive.

— Il n'y aura pas de guerre », dit Luke d'un air confortable, tandis qu'il s'installait pour lire le *Times*.

Sophia et Rudolph sortirent dans le soleil.

« Allons à Kew, dit Sophia.

— Oui, quand tu auras trouvé du boulot.

— Oh mon amour, oh mon chéri, il faut vraiment que je trouve du boulot ?

— Absolument, sinon je te quitte. Tu sais que je trouve parfaitement honteux que tu n'aies pris aucun cours ces derniers mois. Maintenant il faut que tu t'y mettes rapidement. Il n'y a qu'une seule justification pour les gens comme toi dans une communauté, c'est qu'ils s'engagent dans la guerre. Les hommes doivent combattre et les femmes être infirmières.

— Chéri, je ne pourrais pas être infirmière. Florence a un manuel de secourisme, je l'ai ouvert et j'ai vu un dessin de genou. J'ai failli m'évanouir. Je ne supporte pas les genoux. Je n'aime pas les malades non plus et j'ai si peu de forces que je ne tiendrais pas le coup. Je vais te dire… je ne pourrais pas écrire des mémos au Foreign Office ?

— On n'écrit plus de mémos au Foreign Office depuis lord Palmerston. De toute façon tu ne pourrais pas travailler dans un ministère, tu es bien trop dans la lune. Si tu ne supportes pas les genoux et que tu n'aimes pas les malades, tu peux faire le ménage et la lessive pour ceux qui les supportent et qui les aiment. Nous y voici, entre et dégote-toi quelque chose. »

Sophia se retrouva dans une grande maison vide, c'est-à-dire vide de meubles, mais pleine de personnes qui aspiraient à un emploi. Elle dut faire la queue avant d'être reçue par une dame à un bureau. Le jeune homme qui la précédait annonça qu'il était tchèque et n'avait pas peur des bombes. La dame dit que les Anglaises non plus n'avaient pas peur des bombes, ce que Sophia jugea un peu excessif. Elle donna au jeune homme une adresse et se tourna vers Sophia avec vivacité.

« Oui ? » dit-elle.

Sophia sentit les ténèbres de la prison se refermer sur elle. Elle expliqua qu'elle était volontaire pour travailler à temps plein, mais qu'elle n'avait aucune qualification. Pendant un moment d'optimisme fou, elle pensa que la dame allait la renvoyer. Mais, après avoir consulté quelques papiers, elle dit : « Est-ce que vous pourriez faire du secrétariat dans un poste de secours ?

— Je pourrais essayer, dit Sophia d'un air dubitatif.

— Alors, donnez ce mot à sœur Wordsworth au poste de secours de l'hôpital Ste Anne. Merci. Bonne journée. »

Rudolph était en pleine conversation avec un juif allemand quand elle sortit. En apprenant qu'elle s'était trouvé quelque chose, il déclara qu'elle pouvait prendre des vacances avant de commencer son travail. « Tu peux aller à Ste Anne demain, dit-il. Je t'emmène à Kew. »

Ils s'assirent sur un banc au bout de l'allée de chênes verts pour contempler Sion House de l'autre côté du fleuve. Sophia demanda à Rudolph ce qu'il comptait faire, maintenant que la guerre avait commencé.

« J'espère être officier, bien sûr, dit-il, sinon je m'engagerai comme simple soldat.

— Quelqu'un qui connaît toutes ces langues pourrait trouver un boulot ici… je veux dire pas comme soldat. Peut-être que c'est ton devoir de faire ça », dit-elle avec espoir.

« Peux pas échapper à mon devoir : je vais combattre les Allemands dans cette guerre… pas les nazis, note bien, les Allemands. Je veux dire les Huns. »

Sophia tomba réellement d'accord avec lui. Il fallait combattre les Huns.

« Comme tout semble étrange maintenant que la guerre est là, dit-elle. J'imagine que ça a l'air irréel parce que cela fait très longtemps qu'on l'attend, et que je sais qu'il faut qu'on en finisse avant de pouvoir continuer à vivre. Comme la nuit quand tu veux aller aux toilettes et qu'elles sont à des kilomètres au bout d'un couloir glacé et pourtant il faut que tu parcoures ce couloir avant d'être content et de te rendormir. On est en train d'entrer dans ce couloir. Oh, mon chéri, j'aimerais que ce soit fini et qu'on soit de nouveau au lit. Qu'est-ce que je vais faire quand tu seras parti ?

— N'anticipe pas, dit Rudolph d'un air sévère. Tu ne l'as jamais fait, alors ne commence pas maintenant.

Tu es la seule personne que je connaisse qui vive entièrement dans le présent, c'est un de tes charmes.

— Si tu es tué, dit Sophia, n'écoutant pas.

— Tu fais partie de ces femmes qui ont la chance d'avoir deux cordes à leur arc. Si je suis tué, il y a toujours le vieux Luke.

— Oui, mais le problème, c'est que j'en veuille à ce point à Luke, tu ne vois pas ? Je pense tellement que ce sont des gens comme lui qui sont responsables de la guerre. Ils se précipitent toujours pour aller assurer ces horribles étrangers que l'Angleterre avalera tout. Et en plus, ici, ils leur tressent des lauriers. Herr Hitler par-ci, et Herr von Ribbentrop par-là, rempart contre le bolchevisme et ainsi de suite. Bien sûr le vieux pensait apaiser les choses, et probablement n'a-t-il même jamais eu conscience que la cause principale de son amour pour les Allemands était qu'ils lui ont passé quantité de pommade. Tous ces tours gratuits en voiture et en avion.

— Tu ne peux pas lui en vouloir, dit Rudolph, il n'a jamais fait grande impression ici, mais dès qu'il a mis le pied en Allemagne on l'a traité comme un petit roi. Bien sûr il a adoré ça. Ça fait des années que Berlin est plein de gens pareils. On a dit aux Allemands d'encenser les Anglais et donc évidemment des masses d'Anglais se sont ruées là-bas pour se faire encenser. Mais il ne leur est jamais venu à l'esprit qu'ils faisaient du mal à leur pays. Ils ont juste pris leur pied à dire "*mein Führer*" et à se faire trimballer en Mercedes-Benz. Pour autant ils n'ont pas été directement responsables de la guerre. Le vieux Luke a raison, c'est un bon gars au fond. Je suis très content de te laisser entre ses mains. Je crois qu'il commence à revenir de la Confrérie aussi, tu verras. »

Comme ils traversaient les jardins de Kew pour aller prendre un taxi, un glapissement surnaturel leur annonça qu'ils avaient été observés par le parrain de Sophia, sir Ivor King, et c'était bien lui, le vieux bonhomme, qui agitait une perruque frisée couleur beurre frais à la fenêtre de sa chambre. Il les invita à venir prendre une tasse de thé.

Ce vieux personnage légèrement grotesque était l'idole de la race anglaise, et régnait sans partage dans le cœur de ses compatriotes, en fait de tous les amateurs de musique de par le monde, comme « le Roi de la Chanson ». À l'apogée de sa gloire, il avait surtout été célèbre en tant qu'interprète de ces ballades sexy adorées par nos grands-parents, et pour lesquelles la plupart d'entre nous ont un secret penchant. Il était également sans rival dans l'opéra. La qualité unique de sa voix consistait en ce qu'elle était capable d'atteindre les notes les plus hautes et aussi les plus basses jamais atteintes auparavant par aucun être humain, dont certaines étaient si hautes que seules les chauves-souris, et d'autres si basses que seuls les chevaux étaient capables de les entendre. Quand il était très jeune étudiant en Allemagne, son professeur lui avait dit : « Herr King, vous allez entrer, avec votre voix, dans l'histoire de la musique. J'espère que je vivrai assez vieux pour vous entendre à votre zénith. »

La prophétie se réalisa. Ivor King obtint très tôt le titre de chevalier, amassa une fortune, gagna une position inexpugnable et le surnom sous lequel il avait toujours été connu de « Roi de la Chanson », en grande partie grâce à son registre colossal. En grande partie, mais pas seulement. Sa très forte et aimable personnalité, sa bonhomie exceptionnelle et, sur le tard, son âge monumental avaient joué leur rôle, et s'étaient combinés à ses notes splendides pour faire de lui non seulement l'homme le plus célèbre mais aussi le plus aimé de plusieurs générations successives. Au nombre de ses exploits, il était le seul homme à avoir jamais chanté le rôle-titre de *Norma*, dont le livret avait été réécrit spécialement pour lui, et réintitulé *Norman*.

Le Roi de la Chanson avait fait le tour du monde, en particulier de l'Empire, des douzaines de fois, et ces tournées étaient de fait comparables à des visites royales. Dans des parties très reculées de l'Afrique, les indigènes le prenaient souvent pour le mari de la reine Victoria ; il était universellement admis qu'il avait fait plus pour souder l'Empire dans la sphère culturelle que tout autre individu. Complètement chauve, bien que possédant une merveilleuse collection de perruques, et à la fin complètement édenté, il continuait à se battre vaillamment contre la vieillesse, même si deux ans auparavant il avait succombé au point de donner un concert d'adieu au Royal Albert Hall. Il s'était ensuite retiré dans une charmante maison sur Kew Green, qu'il avait nommée Vocal Lodge, et s'était voué à la botanique, science dans la poursuite de laquelle il était cependant plus enthousiaste que chanceux.

« Elle portait une couronne de roses le jour où nous nous sommes rencontrés », psalmodia-t-il en découpant un gâteau au carvi. C'était ce que la plus vulgaire des nombreuses générations qui avaient passé au-dessus de sa tête aurait appelé son indicatif, et il le chanta dans un soprano perçant.

Sophia versa le thé et lui demanda des nouvelles de ses iris lesbiens.

« Ils n'étaient pas ce qu'ils semblaient, dit-il, vilaines choses. J'ai rapporté les racines de Lesbos, comme tu sais, et quand ils sont sortis de terre, qu'est-ce que c'était ? De simples pensées. Trop mortifiant. Et maintenant je patrouille dans Kew Gardens pour faire respecter le couvre-feu, coiffé d'un casque… et je ne pourrai pas aller en Grèce avant des années. Peut-être des années et peut-être plus jamais. Comme vous l'avez remarqué, la guerre m'a trouvé en excellente voix. Je chante ce soir à la mairie de Chiswick pour nos équipes de décontamination. Des garçons et des filles absolument adorables. Et permettez-moi de faire une allusion énigmatique à un engagement plus important dans un avenir pas trop trop éloigné. J'étais en train d'essayer de décider, quand je vous ai vus sur le Green, si je devais aller à mon rendez-vous avec certains Personnages Importants en blonde ou en brune. Je crois que je préfère les boucles couleur beurre » dit-il, ôtant sa perruque et révélant un crâne chauve comme un œuf.

Sophia et Rudolph étaient tout à fait habitués à cela, car les perruques du Roi étaient loin d'être toujours sur sa tête et il n'avait jamais prétendu qu'elles fussent sa luxuriante chevelure.

« Oui, j'ai toujours aimé celle-ci, dit Sophia, elle t'adoucit les traits. Quels Personnages Importants ?

— Ah, fit le vieux chanteur, je sais garder un secret. Qu'est-ce que tu fais, Rudolph ? Je ne t'ai pas vu depuis la crise de Munich. Il faut que je te raconte que, comme j'avais entendu dire que tu t'occupais des émissions italiennes à la BBC, j'ai allumé le poste pour t'écouter. Eh bien, j'ai dit à Magdalen Beech : "Le pauvre Rudolph a l'air très malade…" Puis j'ai découvert que c'était le cher feu pape, et pas du tout Rudolph. »

Sir Ivor était un catholique fervent. Il avait été brièvement marié, il y avait de nombreuses années de cela, à une femme si pieuse et si généreuse de l'argent de sir Ivor qu'elle avait été faite duchesse papale à titre posthume et avait eu l'honneur d'être enterrée dans les jardins du Vatican. Lady Beech était sa sœur.

« Maintenant tu peux me dire quelque chose, fit Sophia en jetant un bref regard au portrait de la duchesse King, vêtue de velours brun et de dentelles, exécuté par Sargent, qui était accroché au-dessus de la cheminée. J'ai reçu une lettre de lady Beech déclarant quel dommage, puisque nous serons tous bientôt morts, que nous ne puissions pas tous aller dans le même endroit ensuite. Qu'est-ce qui nous arrive à nous autres hérétiques, cher vieux monsieur ?

— Charmante jolie jeune dame, tu te retrouves direct sur un gril où on t'arrose éternellement de ton jus.

— M'arrose de mon jus ? dit Sophia.

— T'arrose de ton jus. Quand j'aurai le temps, disons peut-être une fois tous les millions d'années, je t'apporterai une goutte d'eau sur le bout de mon doigt. Sinon, tes plaisirs seront peu nombreux et simples.

— Ce que je me demande, dit Rudolph, c'est à quel point lady Beech et toi vous plairez dans une société si purement catholique pendant une période aussi ininterrompue ? »

Au dîner ce soir-là, d'après les informations de Luke, on était en train en ce moment même de mettre la dernière main à un immense plan d'apaisement, aux implications mondiales. Il dit que les horribles socialistes ne rendaient pas la tâche facile à notre Premier ministre, mais que c'était un trop grand homme, et le plan, un trop grand plan pour qu'ils soient contrecarrés par des piqûres d'épingle au Parlement. Il faudrait peut-être se débarrasser du Parlement et de la presse le temps que notre Premier ministre et Herr Hitler réarrangent le monde. De toute façon, il n'y aurait pas de guerre. Le lendemain matin, le pauvre Luke était si abattu que Sophia en fut tout à fait désolée pour lui. Il paraissait vraiment abasourdi que Herr Hitler soit prêt à risquer toutes ces merveilleuses piscines dans une guerre de première importance.

Après le discours du Premier ministre et la fausse alerte, Sophia alla se présenter au poste de secours. Là, dans un grand garage sous l'hôpital Ste Anne, froid, humide et sale, la jolie sœur Wordsworth faisait émerger l'ordre de la confusion. Elle sembla réellement contente d'engager Sophia, malgré son absence de qualification, et lui dit qu'elle pouvait venir tous les après-midi de une heure à sept heures. Le travail était simple. Sophia devait s'installer derrière une cloison de sacs de sable, nommée bureau, pour répondre au téléphone, compter le linge sale et faire divers petits boulots. En cas de raid, sœur Wordsworth l'assura que, même si elle pouvait être obligée de voir des genoux, elle n'aurait pas de contact intime avec eux.

À partir de ce moment, la vie de Sophia avait été nettement divisée en deux parties, sa vie derrière le volet antigaz du poste de secours et sa vie habituelle sans contraintes au-dehors. Parfois elle appréciait plutôt sa vie de toile à sac, parfois celle-ci lui semblait à peine supportable. L'atmosphère froide et étouffante lui tapait sur les nerfs, elle n'était pas habituée à rester assise des heures durant, et le travail qu'elle avait à faire, tel que compter le linge sale, elle ne le faisait pas très bien. D'autre part, elle avait de l'affection pour tous les gens du poste, et une fois prise par l'habitude, qui nous prend si vite dans la vie, elle se résigna complètement et considéra tout cela comme allant de soi.

3

Assez vite après que la guerre fut déclarée, il devint évident que personne n'avait l'intention qu'elle commence. Les pays belligérants, tels des enfants dans les jeux d'équipe, choisissaient leur camp, et tant que les camps n'étaient pas choisis, le jeu ne pouvait pas débuter.

L'Angleterre choisit la France, l'Allemagne choisit l'Italie. L'Angleterre fit signe à la Pologne, l'Allemagne répondit par la Russie. Puis la gouvernante de l'Italie déclara qu'elle était tombée en courant et s'était écorché le genou et qu'il ne fallait pas qu'elle joue. L'Angleterre choisit la Turquie, l'Allemagne choisit l'Espagne, mais la gouvernante de l'Espagne déclara qu'elle souffrait de troubles intestinaux et qu'elle devait passer son tour. L'Angleterre regarda du côté du groupe d'Oslo, mais ils n'avaient jamais joué, sauf la petite Belgique, qui avait détesté, et les autres furent pris de timidité. L'Amérique, bien sûr, était bien trop bébé pour un tel jeu d'adultes, mais elle était impatiente d'y assister. Et il ne commençait toujours pas.

La fête semblait virer au four, et tout le monde commençait à beaucoup s'ennuyer, particulièrement les Américains, qui sont si friands de sang et d'entrailles. Ils étaient impatients que le spectacle commence et réclamaient à grands cris, tels des petits garçons bien à l'abri derrière les barreaux, qu'on lâche les chiens sur le taureau. Les premières places qu'ils avaient payées si cher en encre d'imprimerie se révélaient extrêmement décevantes. Ils restaient assis là à mâcher leur chewing-gum tout en tapant des pieds et criant à l'unisson : « Cette guerre est bidon ! »

Les semaines passèrent. On disait qu'après les guerres barbares on avait droit à la guerre barbante. On disait que l'arme secrète d'Hitler était l'ennui. Sophia espérait que tel était le cas. Elle avait longtemps entretenu la conviction que l'arme secrète d'Hitler était une torpille aérienne adressée à Lady Sophia Garfield, 98 Granby Gate, S.W., et elle préférait de beaucoup l'ennui.

Sophia avait deux amis ministres. Ils s'appelaient Fred et Ned et, en vérité, alors que Fred était ministre, Ned n'avait pas encore tout à fait atteint cette propédeutique des hommes politiques et était seulement au gouvernement, mais Sophia était incapable de faire la différence entre des petits détails pareils et pour elle, ils étaient « mes amis ministres ». Elle dînait souvent avec eux et trouvait ces soirées très agréables parce que, bien que tous deux eussent de jeunes et jolies épouses, il semblait que les femmes de la race des ministres, pour ainsi dire, obéissaient à d'autres règles que les femmes ordinaires et ne s'attendaient jamais à voir leur mari qu'au lit, s'ils en partageaient un. Ainsi Sophia avait Fred et Ned pour elle toute seule en ces occasions. Comme elle appréciait autant la compagnie des hommes que des femmes, mais n'aimait pas beaucoup qu'elle soit mélangée, cet arrangement lui convenait parfaitement.

Ils l'emmenèrent dîner au Carlton et parlèrent beaucoup des perspectives politiques de leurs diverses connaissances, et c'était une conversation à laquelle

Sophia était tout à fait habituée, parce qu'elle avait commencé il y avait des années de cela, quand elle était jeune mariée et emmenait Fred et Ned prendre le thé au Cockpit. Mais alors il avait été question de l'Eton Society et de gilets de couleur et le directeur de l'époque prononçait ses harangues à la chapelle plutôt qu'à la Chambre. Elle leur parla de son poste et Ned écrivit des choses dans son carnet et promit que la défense passive serait réorganisée exactement selon les suggestions de Sophia. Elle savait par expérience ce que cela signifiait. Fred lui demanda si on avait déjà enfermé Luke à la Tour, ce qui l'ennuya, parce que, si c'était une chose de dire à Rudolph dans l'intimité des jardins de Kew que Luke était un abominable vieux fasciste, c'en était une tout autre d'entendre Fred, cet ardent partisan de Munich, plaisanter sur son compte. Elle se mit donc à attaquer le pauvre Fred avec la plus grande vigueur et lui fit un bref résumé des succès du gouvernement de coalition. Elle ne fut pas loin de le faire pleurer, et sur sa lancée elle en venait aux Libéraux, dont Fred faisait partie, quand Ned se porta loyalement à son secours, déclarant : « Ah, mais tu n'as pas entendu parler du merveilleux plan de Fred, qu'il a trouvé tout seul, pour damer le pion au Dr Goebbels. » Et il se mit à en décrire les grands traits.

Il apparut que l'idée de Fred, sortie entièrement de son cerveau, était d'inviter sir Ivor King, le Roi de la Chanson, à prendre la tête d'une campagne mondiale de propagande sentimentale.

« Atteler sa personnalité, en quelque sorte, à notre cause, expliqua Fred, s'échauffant. C'est le seul qui puisse réussir, et ce serait un crime de ne pas l'utiliser – il fait partie de nos grands avantages naturels, pourrait-on dire, comme – eh bien, le charbon ou le fait d'être une île. Ils n'ont personne qui lui arrive à la cheville là-bas. Maintenant, mon idée est qu'il devrait donner tous les jours un bulletin d'information spécial, fortement épicé de propagande, bien sûr, suivi par un programme de chansons. Tu saisis l'idée ? Les gens allumeront le poste pour l'entendre chanter (pour la première fois depuis deux ans, tu sais), et ensuite ils ne pourront pas échapper à la propagande. On le fera chanter avec l'armée de terre, chanter avec l'armée de l'air, chanter avec la marine, des trucs gais et populaires que tous les auditeurs du monde pourront chanter en même temps. Tu sais à quel point les gens adorent beugler des chansons dont ils connaissent les paroles. De plus, l'homme de la rue a un grand respect pour le vieil Ivor, un grand respect. »

D'après Fred, lui et l'homme de la rue ne faisaient qu'un, ce qui était étrange si on pensait que, hormis la grand-rue de Windsor et celle d'Oxford, il n'avait quasiment jamais été dans une rue.

« Quand tu dis que tous les auditeurs du monde pourront chanter avec lui, tu veux parler des auditeurs anglais ? » demanda Sophia. Elle voulait être sûre de bien comprendre.

« Absolument pas, dit Fred avec impatience, parce que, vois-tu, la force de ce plan est qu'il sera mondial. J'avoue que, pour commencer, j'avais oublié que tout le monde ne parle pas anglais. Après, évidemment, je me suis souvenu qu'il y avait les Chinetoques, les Japs, les Bamboulas, les Ritals et les Espingos. Ah ! mais nous pouvons surmonter cette difficulté. Y a-t-il une raison pour laquelle il ne pourrait pas apprendre ces sons extraordinaires qu'ils prennent pour de la musique ? Bien sûr que non. Non. Le vieux a de l'intelligence et de l'initiative à revendre… il entreprendra tout ce que nous lui demandons, tu peux compter là-dessus. » Et d'une voix nasale d'une qualité douteuse, Fred se lança dans ce qu'il jugea être une excellente imitation de musique non anglaise. Les membres d'une famille patricienne qui dînait à la table voisine se dirent qu'après tout ce ne pouvait pas être le ministre de la Propagande. Ned l'accompagna en frappant deux cuillères l'une contre l'autre, et ils s'assurèrent les uns les autres que ce n'était pas non plus le député (si prometteur, avec une si belle carrière devant lui) de l'East Wessex.

« Le vieux King vient à mon bureau demain. Je le recevrai personnellement, poursuivit Fred, une fois que cette horrible cacophonie eut pris fin.

— Il aura sa perruque frisée couleur beurre frais, dit Sophia.

— Il faut s'assurer qu'il s'en fasse faire une noire. Je ne veux pas de gaffes aryennes dans mon plan… j'ai toujours pensé que la propagande est terriblement peu anglaise, de toute façon, mais ce que je dis, c'est que s'il faut le faire, pour l'amour de Dieu, autant que ce soit bien fait. Et à propos, Sophie, tout cela est terriblement secret, tu sais. Les fuites et tout ça… pas un mot à Luke ou à qui que ce soit. L'élément de surprise est vital pour le plan.

— Je vois, le vieux monsieur est ta réponse à l'arme secrète d'Hitler.

— Je n'irais pas tout à fait jusque-là, mais je peux te dire que nous attendons des résultats joliment juteux. Je veux dire, c'est un plan mondial vois-tu, pas juste une petite affaire insignifiante confinée à l'Angleterre. Et à propos (il sortit un carnet), il faut que je me souvienne de dire à la police de garder un œil sur le bonhomme. Pensez quel beau coup pour les Huns s'il se faisait refroidir ou je ne sais quoi. Je ne m'en remettrais pas. »

Sophia téléphona à son ennemie. Olga Gogothsky (née Baby Bagg) était son ennemie depuis qu'elles avaient dix ans. C'était une inimitié intime qui donnait plus de plaisir à Sophia que la plupart des amitiés. Elle sacrifiait à son autel et jetait de l'huile sur le feu avec assiduité.

« Allô, ma Sophia chérie », ronronna Olga avec l'accent étranger qu'elle cultivait depuis juste avant son mariage et qui présentait un contraste frappant avec les intonations etoniennes et oxfordiennes (souvent brouillées par l'alcool mais toujours reconnaissables) du prince Gogothsky. « Oui, ça fait une quinzaine que je suis revenue, quel voyage, ma chérie. Et où as-tu passé l'été ? Calmement avec le cher lord Maida Vale ? Délicieux. Moi ? Oh, pauvre petite moi, je l'ai passé banalement avec Pauline Mallory, tu sais, la poétesse, dans sa villa d'Antibes ; des foules et des foules de gens, des fêtes, rien d'autre. Tu peux imaginer comme ça m'a pesé. Heureusement, mon vieil ambassadeur adoré était là. Il occupe sa petite villa, dans le jardin, où il écrit ses Mémoires. Il est assez gentil pour dire que je l'inspire dans son travail. Il me le lit… si intéressant, et écrit, comment dire, avec un tel art. La cour du Monténégro à son époque… si pittoresque. Tu peux imaginer. En plus, il était très ami avec la baronne von Bülop et il m'a raconté sur elle et sa sublime tante des choses fascinantes qui étaient plutôt trop *intimes*[1] pour être imprimées. Eh bien, quoi d'autre… oh oui, Torchon peignait mon portrait… il me voit en esclave turque, ce qui est très intéressant parce que, quand Fromenti a fait mon horoscope, il m'a dit que c'est ce que j'étais dans une vie antérieure. (Dans le harem du sultan, j'étais sa favorite.) Et malgré tout, j'ai réussi à

1. En français dans le texte.

écrire un peu, donc tu vois que je n'ai pas complètement perdu mon temps, en fin de compte. »

L'écriture d'Olga était un phénomène intéressant, comparable aux habits neufs de l'empereur. Elle faisait savoir qu'elle était poète, et chaque fois, c'est-à-dire souvent, que sa photo paraissait dans la presse illustrée, le commentaire qui l'accompagnait annonçait que très bientôt on pouvait attendre un mince volume issu de sa plume. Parfois même, il y était question de son sujet : « La princesse Serge Gogothsky, qui travaille actuellement sur une série d'études d'oiseaux en vers. » « Cette belle Anglaise d'adoption est une dame de grand talent. Le long poème épique sur Savonarole dû à sa plume sera bientôt prêt pour la publication », et ainsi de suite. Une fois, plusieurs semaines d'affilée, Olga s'était installée seule tous les soirs à la même table au Café Royal et avait noirci fiévreusement des feuilles de papier ministre qu'elle déchirait, avec une expression de souffrance indicible sur le visage, juste avant l'heure de la fermeture. Il semblait que son travail fût toujours en cours plutôt qu'à l'impression.

Sophia lui demanda quelle était sa contribution à l'effort de guerre.

« Très chère, je dois t'avouer que c'est un secret. Toutefois, quand tu entendras dire que je travaille pour le gouvernement et que je suis obligée de prendre de grandes responsabilités et qu'il est possible que je sois souvent appelée au milieu de la nuit sans aucune idée de là où je dois aller, tu pourras deviner le genre de chose que je fais. Je ne peux pas en dire plus.

— Pour moi, on dirait que tu fais la sage-femme », dit Sophia, avec mauvaise humeur. C'était vraiment trop si la vieille Baby Bagg se mettait à jouer les belles espionnes, alors qu'elle-même s'était tristement résignée à travailler dans un poste de secours, rien que de l'ennui et aucune gloire. Olga était une menteuse si accomplie qu'il y avait des gens qui croyaient à ses craques, et on avait souvent dit à Sophia combien la princesse était une poétesse talentueuse et quelle merveilleuse touche elle possédait.

« Non, ma chérie… quelle plaisanterie charmante, d'ailleurs, il faut que je me souvienne de la répéter à mon chef adoré. Non, pas sage-femme. Bien que je sois sûre que cela doit être beaucoup beaucoup plus épuisant, mon chef est un véritable esclavagiste.

— Oh, tu as un chef ?

— J'aimerais tellement pouvoir te dire qui c'est. Mais il ne faut pas qu'il y ait de fuites. Comme c'est merveilleux de travailler avec lui… quel magnétisme, quelle finesse et quel cerveau ! Je dois avouer que j'ai de la chance d'être avec lui, et puis le travail est fascinant, vital. Quelle importance, s'il me tue à moitié ? Mais il ne faut pas que je parle de moi. Dis-moi, que fais-tu dans cette guerre cruelle ? »

Sophia déclara qu'elle aussi effectuait un travail important pour le gouvernement.

« Ah bon, ma chérie, vraiment ? Un poste de secours, ou quelque chose comme ça, je suppose ?

— Eh bien, c'est ce que je dis ; en fait, évidemment, c'est un excellent paravent pour mon vrai travail. Je me demande pourquoi tu n'adoptes pas cette idée et ne racontes pas que tu travailles dans une cantine, par exemple. J'oublierai ce que tu viens de me dire, si tu veux, et je colporterai la version de la cantine !

— Moi qui suis si délicate ! s'écria Olga. Dans une cantine ! Mais, ma chérie, qui croirait jamais une chose aussi peu plausible… on suspecterait immédiatement Dieu sait quoi. Eh bien, ma très chère, je vois le chef qui m'attend dans sa magnifique voiture avec le drapeau et les macarons, je vais me sentir très importante quand nous allons foncer en direction de Whitehall. Il faut que je coure, chérie. Au revoir. Je viendrai te voir bientôt dans ton petit poste de secours. Au revoir. »

Puis Sophia téléphona à son amie, Mary Pencill.

« Mary, écoute. Il faut que tu viennes travailler dans mon poste de secours, dit-elle. C'est une véritable merveille. Tu ne peux pas savoir quelle merveille est sœur Wordsworth.

— Non merci, Sophie. De toute façon, je n'ai pas l'intention de travailler pour cette guerre. Je ne l'approuve pas, vois-tu. » Mary appartenait à l'extrême gauche.

« Grands dieux, tout comme Luke. Lui non plus ne l'approuve pas, pas plus que Florence. Tu es en bien mauvaise compagnie. Alors, pourquoi est-ce que tu es en si mauvaise compagnie ?

— Ce n'est pas ma faute si Luke est dans le vrai pour une fois. Je suis sûre que c'est pour les mauvaises raisons. Tout ce que je sais, c'est que tout ce qui est bien et vaut d'être soutenu a été abandonné… l'Espagne, la Tchécoslovaquie, et maintenant nous sommes censés nous battre pour les Polonais, des gens abominables qui donnent le knout à leurs paysans. En fait, bien sûr, c'est simplement l'Empire britannique et notre peau comme d'habitude.

— J'aime bien ma peau, dit Sophia, et personnellement je pense que l'Empire britannique vaut la peine qu'on se batte pour lui.

— Tu ne peux pas t'attendre à ce que je sois du même avis. Regarde notre gouvernement. Tes amis Fred et Ned, par exemple, aussi mauvais qu'Hitler, exactement la même chose. À quoi sert de combattre Hitler quand ici il y a des gens comme Ned et Fred ? Il faudrait d'abord qu'on fasse le ménage chez nous.

— De toute façon, c'est Hitler et Staline maintenant, n'oublie pas le faire-part de mariage. »

Mary s'étant rangée du côté du POUM, elle concéda la chose à contrecœur. « Ned et Fred sont pratiquement les mêmes qu'Hitler et Staline, dit-elle.

— Je n'ai jamais rien entendu d'aussi stupide. Pauvres Fred et Ned. Eh bien, je veux dire, la qualité se révèle à l'usage. Suppose juste que le ministère de l'Information ait oublié de nous dire que nous avons été vaincus, et qu'un jour chez Harrods nous voyions un rassemblement et qu'en nous approchant nous découvrions Hitler et Staline. Pense au hurlement qu'on pousserait.

— Toi, certainement.

— Et toi aussi. Ce que je veux dire, c'est que je vois souvent Fred et Ned chez Harrods et que je ne hurle pas du tout, je dis juste : “Salut les petits choux” ou quelque chose dans le genre. Tu vois la différence ?

— Non, Sophia, dit Mary d'un ton désapprobateur. Je crains que tu ne comprennes pas le principe. » Elle adorait Sophia mais la jugeait incurablement frivole. « Autre chose, dit-elle, pourquoi est-ce que tu as quitté le club de lecture ?

— Darling, je n'y suis entrée que pour te faire plaisir.

— Ce n'est pas une réponse.

— Eh bien, si tu veux savoir, c'est parce qu'il y a des livres qui traînent. Les bibliothèques ordinaires comme Harrods les rangent une fois qu'on en a fini avec. Je ne veux pas de livres qui traînent partout, donc je suis partie. Tu vois ?

— Décidément, ta vie se limite à Harrods.

— Oui, c'est exact. J'ai fait un rêve horrible où il y avait plein de parachutistes ; ma vie est légèrement limitée par eux maintenant, pour te dire la vérité, je les trouve terrifiants.

— Ridicule, on les arrêterait.

— C'est ce que dit Luke. Mais tu dois avouer que l'idée de voir ces têtes apparaître devant la fenêtre de ta chambre est plutôt déplaisante.

— À propos, hier soir j'ai vu Rudolph qui sortait de l'Empire avec cette étrangère.

— Qui ?

— Celle qui porte toujours des chèches avec des étoiles.

— Oh, tu veux parler d'Olga Gogothsky. Elle n'est pas plus étrangère que toi ou moi… bien qu'elle prétende avoir du sang espagnol, je crois.

— Vraiment… républicain ou nationaliste ?

— Baby Bagg. N'oublie pas de l'inviter à tes soirées. » Sophia n'était que modérément contente d'apprendre qu'Olga était sortie avec Rudolph, qui lui avait dit qu'il allait jouer au bridge à son club.

« De toute façon, elle a l'air très bête.

— Elle vient de m'apprendre que le gouvernement lui avait confié un travail important, il faut absolument que je découvre ce que c'est.

— Poste de secours, probablement, dit Mary. Tu ne m'as pas encore raconté ce que tu faisais dans le tien.

— Eh bien, à première vue ça paraît lugubre, mais en fait j'adore. J'ai un crayon indélébile, tu vois, et quand on apporte des mourants et ainsi de suite, j'écris sur leurs fronts.

— Grands dieux, qu'est-ce que tu écris ?

— H pour homme et F pour femme, selon leur sexe, et un numéro. C'est pour le ministère des Pensions. Et aussi pour le médecin, le nombre de doses de morphine et d'huile de ricin et ainsi de suite qu'ils ont reçues.

— Quelle idée atroce. Qu'est-ce qui se passe si tu as un Noir… ou un homme du type Néandertal avec un front très bas ? Tu ne peux pas compter avoir toujours des fronts hauts, lisses et blancs, tu sais, comme celui de Luke.

— Essaie de ne pas plaisanter, chérie, c'est tout à fait sérieux. Puis je mets leurs bijoux dans de jolis petits sachets en chintz faits avec des chutes de chez Fortnum & Mason.

— Quand tu dis que tu fais tout ça, qu'est-ce que ça signifie exactement ?

— Eh bien, ma chérie, je le ferais s'il y avait un raid. C'est un peu comme du théâtre amateurs, tu vois ce que je veux dire. Dans le genre "Ça ira très bien le jour de la première". Plus la générale est mauvaise, meilleur sera le spectacle. »

Mary déclara avec le plus grand mépris que c'était le boulot le plus stupide dont elle eût jamais entendu parler. « Des bijoux dans des sachets en chintz, dit-elle. Écrire H et F. Vraiment, Sophia, j'abandonne. »

Sophia répliqua que c'était mieux de ne rien faire comme Mary, et elles raccrochèrent, fâchées.

Quand Sophia vit Rudolph, elle lui dit qu'elle avait appris qu'on l'avait vu avec un ornithorynque déguisé en sultane. (Le nez assez long et retroussé d'Olga était considéré comme l'un de ses principaux attraits.)

« Oui, ma petite chatte, dit-il. J'ai emmené la séduisante princesse au cinéma pendant que tu te débauchais avec les imbéciles qui gouvernent.

— Je croyais que tu allais jouer au bridge à ton club ?

— Oui, jusqu'à ce que je rencontre Olga.

— Mais où est-ce que tu l'as rencontrée ?

— À mon club.

— Rudolph, quelle blague.

— C'est vrai. Elle est venue en taxi après que je lui ai téléphoné.

— Oh. Et comment était-elle ?

— Atrocement ennuyeuse, comme d'habitude. Elle n'a parlé que d'elle. Elle m'a raconté en long et en large comment Serge avait gâché sa vie en ne lui permettant pas de s'exprimer au cinéma. Comme si l'on ne savait pas que le vieux boyard l'aurait autorisée à se livrer à n'importe quelle activité qui rapporterait des roubles.

— Elle n'arrêtait pas de passer des auditions, dit Sophia.

— Et elle était nulle. Eh bien alors, évidemment, elle se fait dédier tous ces livres et se fait faire tous ces portraits et ainsi de suite. Mais elle a abandonné toutes ces activités pour un travail important avec le gouvernement. Poste de secours, je suppose. Un type à mon club, un médecin, lui a fait passer son premier examen de secouriste. Il a dit : "Maintenant, princesse, si vous trouviez un homme avec une fracture importante de la jambe et que vous n'aviez ni attelle ni pansements, qu'est-ce que vous feriez ?" et elle a répondu : "J'enlèverais ma culotte pour la nouer autour de sa jambe." Donc, bien entendu, elle a été reçue. »

Sophia comprit qu'elle devait se tenir sur ses gardes. Elle savait pertinemment que quand un homme est totalement déloyal envers une femme, et qu'en même temps il commence à se plaire dans sa compagnie, il a presque toujours l'intention d'avoir une liaison avec cette femme. La déloyauté est en soi un signal de danger. Elle n'aurait pas supposé qu'Olga fût du goût de Rudolph, mais ces choses n'obéissent pas à des règles connues et on ne sait jamais.

« Sale type, dit-elle. Je vois que tu es amoureux d'elle.

— Plutôt, dit Rudolph. Je vois que tu es jalouse.

— Plutôt. » Sophia se leva et sonna pour qu'on apporte de quoi faire les cocktails. « Dis-moi, mon chéri, à propos, tu connais Florence ?

— Oui, je suis amoureux d'elle aussi, évidemment ?

— Très probablement. Quoi qu'il en soit, tu sais qu'elle habite avec nous maintenant. Eh bien, je crois qu'elle est plus gentille que nous ne le pensions, parce que, tu peux te figurer ça ?, elle garde un pigeon dans sa chambre.

— Vraiment ? Je croyais que c'était Luke.

— Non, non, mon chéri. Je te l'ai souvent dit. Bref, voilà, elle garde ce pigeon terriblement mignon.

— Pour quoi faire ?

— J'imagine que c'est son ami. J'adorerais avoir un charmant pigeon comme ami, mais je dois dire que je ne l'aurais jamais cru de la part de Florence, on ne dirait pas qu'elle aime les animaux. Milly ne l'apprécie pas du tout.

— Je trouve ça très étrange, dit Rudolph. Tu crois que ça peut avoir une signification religieuse ?

— C'est un pigeon, pas une colombe.

— Florence ne fait pas la différence. C'est ça, je pense qu'elle le garde pour le lâcher au-dessus de la tête de Frère Bones la prochaine fois qu'elle le verra.

— Ou peut-être qu'elle lui a sauvé la vie. Mr Stone, dans notre poste, tu sais, est chargé de réguler la population des pigeons londoniens en temps de paix, et il dit que c'est affreusement difficile parce que, chaque fois que tu poses un piège, une vieille dame passe la tête à sa fenêtre et se met à faire tout un foin et appelle la police et ainsi de suite. Même très tôt le matin, c'est toujours la même chose. Résultat, la population des pigeons londoniens n'est pas très régulée, comme tu peux le remarquer. Peut-être que Florence en a vu un dans un piège – ils se lèvent très tôt dans la Confrérie, tu sais – et qu'elle a promis de ne pas le relâcher si elle pouvait l'avoir. Ça me la rend beaucoup plus sympathique, en fait. »

Florence entra dans la pièce. Elle dit à Sophia que Luke avait reçu l'inspiration d'inviter cent personnes à dîner le lendemain pour parler du Réarmement moral. « C'est pour présenter ce nouvel ami, Heatherley Egg », dit-elle. (Florence introduisait toujours de nouvelles personnes dans sa conversation par le mot « ce ». « Cette femme que j'ai rencontrée dans le bus », ou « Ce cousin de mon père ». C'était une habitude qui rendait Sophia folle.) « J'ai tout arrangé, continua Florence. Les chaises dorées et la nourriture et ainsi de suite, tout est commandé. Je suis juste passée vous dire à quel point nous espérons que vous viendrez, parce que je suis sûre que cela vous intéressera. Heatherley Egg vient juste d'arriver des États-Unis et il va nous apprendre ce que le président lui a dit à propos du Réarmement moral. Ils n'étaient que tous les deux (tous les trois, je devrais dire, parce que, bien sûr, il y avait un Troisième) et en ont abondamment parlé pendant près de cinq minutes, et Heth dit… eh bien, il faut que vous l'entendiez de sa propre bouche demain soir. Il y aura des membres de la Confrérie de tous, oui, je suis heureuse de le dire, tous les pays européens. »

Sophia et Rudolph se hâtèrent d'expliquer que le lendemain soir ils étaient pris depuis longtemps. Florence sembla un peu crucifiée et fit remarquer qu'il devait être étrange de vivre perpétuellement dans un tourbillon étourdissant de gaieté.

« Moi, je dirais qu'un dîner de cent personnes, c'est pas mal comme tourbillon. »

Florence déclara qu'elle devait aller à son cours de secourisme.

« C'est dans son manuel que j'ai vu cet horrible genou. »

Sophia décrocha le téléphone. « Tu sais, je l'admire vraiment de prendre des leçons de secourisme, je ne m'y serais jamais attendue, comme pour le pigeon, et se teindre les cheveux. Tout cela montre que j'ai sous-estimé Florence. » Elle composa le numéro de Vocal Lodge et demanda à sir Ivor s'ils pouvaient dîner demain soir avec lui. « Il y a une orgie de la Confrérie ici, et c'est au-dessus de nos forces.

— Oui, Sophie, ma chérie, vous pouvez, mais il faudra que tu sois gentille avec les Gogothsky, qui viennent, et ne pas faire pleurer la pauvre Olga comme la dernière fois. Promis ? Très bien, alors à huit heures, il faut que je sois à mon poste à dix.

— Dieu merci, dit Sophia à Rudolph une fois qu'elle eut raccroché. Des gens de tous les pays d'Europe, imagine un peu. Je veux dire, l'avantage de la guerre, c'est qu'on n'est plus obligé de voir des étrangers. Et quant à ce que le président a dit à Heth… des horreurs ! »

Les Russes envahirent la Pologne le jour même de la réception de Florence. Luke fut abasourdi par cette démonstration de la solidarité germano-russe.

« Herr Hitler m'a dit lui-même que l'œuvre de sa vie était de mener la croisade contre le bolchevisme.

— Alors tu aurais dû te méfier, dit méchamment Sophia.

— Mais il était sincère. Il n'a pas cessé de dire que le bolchevisme était la puissance la plus néfaste que le monde ait jamais connue.

— Bien sûr, tout à fait entre nous, chéri, il n'y a jamais eu aucune différence entre les communistes et les nazis. Les communistes te torturent à mort si tu n'es pas un travailleur et les nazis te torturent à mort si tu n'es pas un Allemand. Si tu l'es, ils commencent par regarder ton nez. Les aristocrates ont tendance à préférer les nazis tandis que les juifs préfèrent les rouges. Un vieux bourgeois comme toi, Luke, ferait bien de ne pas prendre parti. »

Luke devait être tout tourneboulé. Il ne protesta même pas, comme il le faisait habituellement quand Sophia le qualifiait de bourgeois, que les Garfield étaient une vieille famille saxonne qui remontait à avant la conquête. Ce qui, ainsi que Sophia le faisait très justement observer, ne changeait rien à la chose.

« Et laisse-moi te dire, poursuivit-elle, si tu continues à croire tout ce que ces étrangers en Allemagne te disent, tu te prépares de très mauvaises surprises, mon vieux. Ils ont dit à beaucoup de gens beaucoup de choses pas vraies à strictement parler et la plupart d'entre nous commencent à comprendre. Le jour où ils ont affirmé qu'ils n'utiliseraient jamais de gaz contre les civils, tous les postes de secours de Londres ont baissé leurs rideaux antigaz et depuis on étouffe tous. »

Le pauvre Luke passa la main sur son front lisse et blanc et parut triste. Sophia s'en voulut d'avoir été si méchante avec lui et dit : « Chéri, tu es excité par ton dîner de ce soir ?

— Je ne suis pas un bébé pour être excité par un dîner. J'espère qu'il sera intéressant. Il semble que Mr Egg ait parlé avec le président. »

Rudolph avait donc raison, Luke commençait à se lasser de la Confrérie. Elle se demanda si c'était une religion qui avait beaucoup d'emprise sur les gens et si le pauvre bougre aurait mauvaise conscience pour le restant de ses jours.

Frères et Sœurs commençaient à envahir la maison. Ils se ressemblaient tous beaucoup et auraient facilement pu, s'ils n'avaient pas été cent, être effectivement frères et sœurs. Les filles portaient toutes de simples robes lavables avec une vague touche tyrolienne, sans chapeau ni bas, et beaucoup d'orteils crasseux dépassaient des sandales. Elles étaient bronzées, leurs fronts étaient ridés et elles n'avaient pas beaucoup de cheveux ni de lèvres. Les jeunes hommes, il y en avait en quantité, semblaient tout d'abord être extrêmement bien habillés, mais leurs costumes étaient trop larges aux épaules, trop serrés aux hanches et pas coupés dans la meilleure étoffe – en fait, ils n'auraient pas résisté à un examen minutieux. Ils répondaient aux prénoms de Heth pour Heatherley, de Ken pour Kennerley, et de Win pour Winthrop, et parlaient avec l'accent d'Hollywood. Ils étaient bronzés et, à première vue, immensément beaux, comme leurs costumes. Leurs yeux et leurs dents étaient bleus. L'élément cosmopolite de la soirée ne semblait pas évident et Sophia pensa que Florence devait avoir voulu parler d'Américains de tous les pays d'Europe quand elle entendit un flot de paroles en langues étrangères. Elle en conclut que la Confrérie, comme Hollywood, marquait de son sceau toutes les nationalités, de même qu'elle conférait sans conteste un aspect particulier au physique et aux vêtements de ses adhérents, et cette expression de bienheureux martyr qui ne quittait pas leurs visages. Il n'y avait pas un uniforme.

Rudolph, par contre, quand il vint prendre Sophia pour l'emmener à Kew, était splendide en grande tenue des Wessex Guards.

« J'ai gardé le secret pour te faire la surprise, dit-il. Attends de voir mon manteau doublé de rouge.

— Eh bien, tu es joli », dit Sophia d'un ton approbateur. Avant la guerre, elle avait souvent pensé à la première fois qu'elle le verrait en uniforme, et avait supposé qu'elle pleurerait. Aujourd'hui elle était simplement ravie. De fait, Rudolph, exceptionnellement bien rasé, avait l'air magnifique et martial, un exemple pour les Frères, pensa-t-elle. La psychologie de guerre, si incompréhensible en temps de paix, la tenait déjà sous son emprise.

Florence leur présenta Mr Egg. « Heatherley, je te présente Sophia Garfield, Rudolph, je te présente Heatherley. » Telles étaient les manières de la Confrérie. « Sophia, il faut que vous attendiez un moment que Heth nous raconte ce que le président lui a dit. Il va le faire tout de suite. » Elle se mit debout sur une chaise et frappa dans ses mains. « Silence tout le monde, s'il vous plaît. Heatherley va nous dire ce que le président a déclaré à propos du Réarmement moral. »

Le silence se fit immédiatement et tous les visages se levèrent vers Heatherley qui grimpait sur la chaise avec difficulté.

« Eh bien, les amis, dit-il d'une voix impressionnante, je suis allé voir le président. » Pause. « Nous étions seuls, rien que nous trois, vous comprenez ; le président est un homme occupé. » Pause. « Eh bien, il m'a dit. » Une pause impressionnante. Heatherley fit du regard le tour de la pièce et finit par poursuivre. « Il a dit : "Je trouve que le Réarmement moral est une très très belle idée." »

Il y eut un silence prolongé et respectueux, brisé par Florence qui dit : « J'ai toujours pensé qu'il était fort important d'entendre les paroles exactes quand un homme pareil fait une déclaration pareille. Merci, Heth. Personnellement, je conserverai précieusement le souvenir de cette petite scène. »

Les Gogothsky étaient déjà là quand Sophia et Rudolph arrivèrent à Vocal Lodge. Olga, au grand ravissement de Sophia, car elle gardait en mémoire la garde-robe d'Olga, portait une résille. Un petit bout faisait le tour de son cou pour se nouer sous son menton comme une barbe et elle avait l'air et se sentait sans doute très slave. Le prince, un géant bon vivant et alcoolique que tout le monde aimait, portait l'uniforme bleu de l'armée de l'air. Il annonça qu'affecté à un ballon, le *Blossom*, il était en permission. Il était évident que le *Blossom* avait fait de lui un homme. Jusqu'alors il avait passé sa vie à la traîne d'Olga, apportant en contrepartie des considérables revenus de celle-ci la petite et passablement irréelle (du fait qu'il était sujet britannique) mais, aux yeux de sa femme, l'inestimable contribution de son titre de prince. Maintenant, il était bronzé, propre, plutôt bien rasé et apparemment tout à fait sobre. Lui et Rudolph se donnèrent des claques dans le dos, comparèrent leurs uniformes et se montrèrent très gais.

« Tu es arrivée à échapper à ton chef, dit Sophia à Olga, ses yeux se repaissant du filet.

— Oh il a entendu parler de mon chagrin et m'a priée de prendre des vacances, dit Olga d'un ton de reproche.

— Chagrin ? demanda Rudolph. De fait, à y bien regarder, tu as un peu l'air d'une veuve. Qu'est-ce qui se passe ?

— Ma famille en Pologne.

— Savais pas que tu en avais, dit Sophia d'un ton sceptique.

— Vraiment, chérie ? Mais, mon arrière-arrière-grand-mère était une Paczinska, et je crains que mes pauvres cousines ne soient tombées entre les mains des bolcheviques. Tu sais ce que cela a signifié en Russie… on les a livrées à leurs paysans pour qu'ils en fassent ce qu'ils voulaient. » Olga fut secouée d'un formidable frisson.

Sophia dit qu'il devait y avoir quelque chose qui clochait quelque part. Si la duchesse de Devonshire, par exemple, était livrée à ses paysans pour qu'ils en fassent ce qu'ils voulaient, il ne faisait aucun doute qu'ils la mettraient dans leur meilleure chambre et lui serviraient une tasse de thé. « Si les paysans sont de tels démons, dit-elle, de qui est-ce la faute, je te le demande ?

— Mais j'ai vu dans les journaux que les rouges entrent dans le but de vous protéger, vous autres Russes blancs », dit le vieil Ivor, un peu surpris.

Serge Gogothsky avait été élevé en Angleterre et y avait passé la majeure partie de sa vie. Il devait donc être très habitué à l'ignorance nationale touchant les affaires étrangères, mais c'en était trop, même pour lui. Il poussa une sorte de rugissement gazouillant et se mit à faire des bonds dans la pièce, tel un Petrouchka au supplice, en expliquant la position historique et géographique de la Russie blanche.

« Très bien, calmez-vous, mes enfants, dit le vieux chanteur en enlevant sa perruque pour rajuster une boucle. Prenez un autre verre. »

Cette panacée pour toutes les maladies fut acceptée, et la paix régna de nouveau jusqu'à ce que Rudolph fît observer sans tact que le fait que l'Europe soit envahie par les Moscovites assoiffés de sang ne le plongeait pas dans un enthousiasme comparable à celui qu'éprouvait apparemment Hitler. Le prince s'excita de nouveau beaucoup et dit que, si les Alliés étaient venus en aide aux Russes blancs à la fin de la dernière guerre et leur avaient permis de remettre les Romanov sur le trône, rien de tout cela ne serait arrivé.

« Quelle bêtise. Les Romanov auraient eu tout autant de visées impérialistes que le Petit Père des Peuples. On devrait vous empêcher de mettre le pied en Europe, vous autres Asiatiques, c'est ça l'idée.

— Calmez-vous, chers amis, et dînons », dit sir Ivor, qui n'aimait que les conversations plaisantes du genre ésotérique.

Pendant le dîner Sophia remarqua qu'Olga baissait beaucoup les paupières en direction de Rudolph à qui cela semblait ne pas déplaire. Elle chercha autour d'elle des moyens de se venger (de Rudolph – pour elle Olga n'était jamais un problème) sans en trouver aucun. Le vieux monsieur ne ferait certainement pas un prétexte convaincant et le problème avec Serge, c'est que le plus petit encouragement finissait trop souvent par un viol. Une formidable chute des coupables paupières piqua Sophia au vif et elle se tourna vers Olga avec un gentil sourire et lui demanda comment avançait Savonarole. Elle réservait toujours cette question pour les occasions très spéciales.

« Mon ange, nous sommes en guerre, tu sais. Mais parfois j'arrive quand même à gribouiller un peu, en dépit de toutes mes occupations la poésie finit toujours par me forcer la main. Hier soir, pendant un répit, j'ai lu quelques-uns de mes sonnets au chef. Il a dit qu'ils lui rappelaient les *Sonnets* au *Portugais* d'Elizabeth Browning.

— Portugais, dit Rudolph. Qui est ton chef ? »

Olga exécuta un formidable piqué des paupières et déclara que son travail, qui était très important, et son chef, très très célèbre, devaient rester très très secrets.

« Je parie que lord Haw-Haw, le speaker de la radio allemande en anglais, les connaît, dit Rudolph. Je suppose que tu es une de ces beautés qui travaillent pour se faire de l'argent de poche sur lesquelles je ne cesse de lire des articles, hein ? Allez, avoue, c'est ça ?

— À propos, mes enfants, j'ai un nouveau boulot », dit Ivor.

Sophia combattait la tentation. Elle rêvait d'humilier Olga en étant dans le secret ; le vieux monsieur allait le leur révéler, alors où serait le mal ? D'autre part, Fred l'avait suppliée de faire attention. Elle décida d'attendre pour voir ce que dirait Ivor. Entre-temps la conversation se poursuivit.

Rudolph dit : « Je suppose que tu es un merveilleux vieil espion avec une merveilleuse nouvelle perruque. Je suppose que c'est ce qu'est réellement Olga, une magnifique espionne, qui s'insinue dans le cœur de jeunes officiers imprudents comme Serge et moi. » Olga, qui aimait être prise très au sérieux, n'était pas contente. Elle baissa les paupières en direction du *dessus de table*[1] Empire et non de Rudolph, et Sophia se détendit de nouveau.

« En parlant de boulots, vous devriez voir le poste de Sophia, poursuivit Rudolph qui ne cessait d'en parler malgré ses ordres. Serge, mon vieux, un conseil… la première chose qui frappe le regard est un avis, écrit en capitales tremblées par notre Sophia qui déclare : "Ne jamais donner à boire à un patient marqué H." Tu piges, vieux moujik, le truc, c'est de

1. En français dans le texte.

ne jamais te laisser marquer H quoi qu'il arrive. Mais, plus loin, on tombe sur des avis avec des flèches, également écrits par notre petite amie, et donc extrêmement non professionnels en apparence, qui disent : "Les hommes enlèvent leurs sous-vêtements ici", "Les femmes enlèvent leurs sous-vêtements ici", ce qui mène très logiquement au service d'obstétrique. Je ne me doutais pas que les conseillers municipaux étaient à ce point réalistes.

— Ça s'appelle la salle de travail, dit Sophia. Ne l'écoutez pas, il n'avait aucune raison de venir fouiner dans mon poste.

— Il faut voir la salle de travail pour le croire, déclara Rudolph. C'est une sorte de niche à chien avec pour seuls meubles un berceau et une paire de bottines en tricot. Si j'étais une femme je me débrouillerais pour ne pas accoucher là, je l'avoue, raid ou pas raid.

— La pauvre sœur Wordsworth n'arrive à trouver personne pour s'en charger, je vous ai dit ? dit Sophia, ravie de parler boutique. Voyez-vous, c'est affreusement embêtant de passer sa journée assise à regarder le berceau, elles préfèrent la salle de soins.

— Mais ce qu'il y a de plus formidable ; c'est le musée de l'hôpital, poursuivit Rudolph. Il se trouve à côté de la salle de travail… ce qui est parfaitement bien choisi comme endroit puisque la première pièce à conviction est un bocal qui contient un fœtus de siamois. Tu devrais venir un jour, Serge, admirer les estomacs ulcéreux. Je te jure que personne ne te marquera H, et il y a un pub plus loin dans la rue.

— Personne ne s'intéresse à mon nouveau boulot, grogna le Roi de la Chanson.

— Ivor chéri, nous sommes vraiment méchants. Raconte donc. Qu'est-ce que c'est ?

— Je vais à Torquay avec nos orchidées évacuées. »

4

Au poste, assise à côté de son téléphone, Sophia tâchait de ne pas espérer qu'il y eût un raid. Au cours de l'une des deux occasions où elle avait décroché le combiné et entendu, au lieu de l'officier de santé désirant parler à sœur Wordsworth : « Contrôle Sud. Alerte jaune », elle avait ressenti une bouffée d'excitation si malsaine qu'elle avait craint de devenir facilement intoxiquée aux raids, de s'y accrocher de la même manière que les gens s'accrochent à la drogue, et pour les mêmes raisons. Sa vie hors du poste avait cessé d'être bien amusante, car Rudolph, après avoir été presque trop joli dans son uniforme pendant environ une semaine, en payait maintenant le prix dans un camp d'entraînement sur la côte est.

Elle inventait des choses pour se tenir occupée, comme les gens qui passent des semaines au lit sans être particulièrement malades. Elle regardait beaucoup sa montre, tricotait, lisait l'*Histoire d'Angleterre* de Macaulay, écrivait quantité de lettres inutiles pour la première fois depuis son enfance et bavardait avec sœur Wordsworth. Enfin, en dernier recours, il y avait la radio. Sophia détestait la radio. Pour elle, c'était clairement une puissance vivante et malfaisante qui agissait sur le pays. Quand elle l'allumait, elle pensait à toutes les femmes seules chez elles avec leurs maris à la guerre, malades d'anxiété quant à l'avenir. Elle les voyait mettant leurs enfants au lit, le cœur brisé par la solitude des soirées, allumant la radio pour se tenir compagnie. Quelle est l'inspiration qui leur parvient de cela, cette source, ainsi qu'elle doit leur apparaître, de l'Empire ? Londres, avec toutes les capacités du génie, du talent, de l'esprit, comment Londres les aide-t-elle à passer ces moments difficiles ? Comment les amène-t-on à sentir qu'il vaut la peine non seulement de mourir pour l'Angleterre, mais aussi d'être pauvres, seules et malheureuses ? À l'aide d'une musique magnifique, de paroles enthousiasmantes et de bon sens ? À l'aide de la glorieuse littérature, lue avec noblesse, de nos ancêtres ? Pas du tout. Avec des plaisanteries et du jazz.

Son occupation préférée consistait à bavarder avec sœur Wordsworth. Cette jeune et jolie créature s'était révélée une personne remarquable à de nombreux points de vue. Avant la guerre, elle avait été infirmière visiteuse et Sophia, qui ne connaissait pas grand-chose en la matière, découvrit que c'était une profession qui exigeait la combinaison d'études impressionnantes avec des vertus telles que le tact, la connaissance de la nature humaine, le sens de l'humour et une totale absence de prétention. Si ses manières charmantes et plutôt chaleureuses étaient celles d'une écolière, sœur Wordsworth était une infirmière, une sage-femme diplômée et une psychologue expérimentée qui possédait de surcroît une connaissance approfondie de la loi. Semaine après semaine, elle faisait en sorte qu'une centaine de personnes fussent satisfaites, en bons termes les unes avec les autres, et pour autant qu'elle pût inventer des choses à leur faire faire, occupées. Bien sûr, il y avait des problèmes et des difficultés. Un juif allemand s'était présenté comme travailleur volontaire. Deux jours plus tard, les infirmières avaient envoyé une délégation à sœur Wordsworth pour déclarer qu'elles ne pouvaient pas travailler dans le même bâtiment qu'un espion prussien, et elle avait été obligée de l'envoyer au prochain poste de quartier où il fallait espérer que régnait un esprit plus tolérant. L'affaire avait fait beaucoup rire Sophia et elle aurait voulu que quelques Prussiens pussent jeter un coup d'œil à leur prototype. Elle avait demandé pour quel motif il était supposé être un espion. Il avait semble-t-il passé une demi-heure à lire les avis qui étaient affichés partout dans le poste et qui avaient trait à des choses telles que l'horrible sort des patients marqués H, les heures auxquelles il fallait remplir les bouillottes, la quantité d'instruments stérilisés à tenir prêts, et ainsi de suite. Sophia, qui en avait écrit la plupart, avait du mal à croire que le Haut Commandement à Berlin pût voir ses voies grandement aplanies par de telles informations. Cependant, ainsi que Fred le lui avait fait remarquer quand elle lui avait raconté la chose : « On ne saurait être trop prudent, et après tout, nous sommes en guerre contre les Allemands. » Fred avait une merveilleuse façon de résumer les situations.

Ce jour-là était un dimanche, et tout était très silencieux dans le poste. Sœur Wordsworth était absente, le programme à la radio absolument impossible et les ouvriers qui vous gâchaient la vie avec leurs coups avaient le droit, contrairement au personnel du poste, de prendre leur dimanche. Sophia faisait son tricot. Elle tricotait mal et lentement et ses manches étaient toujours trop courtes. Elle écoutait d'une oreille distraite une conversation qui avait lieu derrière la paroi de sacs de sable. Trois infirmières parlaient d'une famille royale étrangère avec une inexactitude flagrante dans chaque détail. Tout cela semblait bien douillet et délicieux et Sophia aurait bien aimé s'y joindre. Mais l'un des prix à payer pour être immunisée contre les genoux était l'incarcération dans le bureau. Les filles qui étaient dans la salle de soins avaient de merveilleux potins, mais le jour viendrait où elles auraient aussi les genoux. Afin d'éviter les genoux, elle était obligée de se passer des potins.

POSTE DE SECOURS DE L'HÔPITAL STE ANNE

« Chéri, chéri, chéri, chéri,

« Tu sais quoi, l'oiseau de Florence est dressé à faire ses besoins à l'extérieur, je l'ai vue le sortir à la fenêtre comme un chien hier soir. Je ne l'ai vu que parce que j'étais par hasard dans ces cabinets dont la fenêtre n'est pas obscurcie, avec la lumière éteinte, bien sûr ; j'ai entendu un grand battement d'ailes et la fenêtre de Florence qui s'ouvrait, donc j'ai eu envie de regarder. Comme il y avait la lune, je l'ai clairement vu sortir comme un éclair pour aller faire ses affaires avec un air très assuré sur le visage. J'ai attendu des siècles mais il n'est pas revenu. Qu'est-ce que tu crois qu'il fait, qu'il donne des coups de bec à la fenêtre ou roucoule ou quoi ? Eh bien, j'adorerais avoir un pigeon apprivoisé terriblement gentil et très fidèle, depuis que je n'ai plus Milly et tout le reste, je l'ai dit à Florence ce matin, mais elle m'a lancé un regard tout bonnement atroce, donc peut-être qu'elle a cru que je me moquais d'elle ou je ne sais quoi que je ne faisais certainement pas. Vraiment je commence à m'attacher beaucoup à Florence, c'est bien pour Luke de l'avoir près de lui avec moi qui suis si souvent ici, ça lui donne de quoi penser à autre chose que ses impôts. Pauvre vieux, il a l'air terriblement affecté par cette affaire, et bien sûr ce doit être l'enfer de payer tout cet argent pour une guerre à laquelle on ne croit pas. De plus, il est déchiré entre ses héros, notre Premier ministre et Herr Hitler, maintenant que leurs chemins se sont séparés.

« Mon chéri, comment se passe la vie au camp, et est-ce que je te manque ? Tu manques beaucoup à Florence, tu sais, peut-être qu'elle est amoureuse de toi. Elle n'arrête pas d'entrer dans ma chambre pour me demander ton adresse et dans quel bataillon tu es, combien de temps va durer ton entraînement, qui est votre commandant et toutes sortes de choses. Je m'attends à ce que tu reçoives un passe-montagne à Noël. Elle est en train d'en tricoter un pour un veinard, mais je pense que ce doit être un de ces pygmées d'Afrique qui ont un nœud au sommet du crâne à voir la forme.

« Oh, mon Dieu, je t'aime vraiment, baisers de ta chère

SOPHIA.

« *P.S.* Olga joue vraiment un drôle de jeu. Elle a déjeuné hier seule au Ritz avec une perruque noire, un casque et son vison en faisant semblant de ne connaître aucun de ses amis. Au milieu du déjeuner un chasseur (qu'elle avait sans doute payé) lui a apporté un mot, et elle a poussé une sorte de hurlement, mis un voile sur le tout, casque et le reste, et a déguerpi. Maintenant, évidemment, tout le monde est persuadé que c'est une magnifique espionne. Le pauvre Serge n'est plus affecté à son *Blossom* parce qu'il est tombé dans les pommes et le ballon aussi. On m'a dit qu'ils avaient l'air trop indécents allongés côte à côte dans le Park. »

Comme Sophia terminait sa lettre, sœur Wordsworth entra.

« Oh, lady Sophia, dit-elle, j'ai oublié de vous dire qu'une de vos amies est venue hier matin. Elle va faire partie de l'équipe de nuit du poste à temps plein à partir de demain. C'est une bonne chose parce que nous manquons de monde dans cette équipe.

— Une amie à moi… comment s'appelle-t-elle ?

— Miss… je l'ai écrit ici, attendez un instant… oh oui, Miss Turnbull.

— Mon Dieu, dit Sophia, vous me surprenez. Je ne me serais pas attendue à ça de la part de Florence. Elle ne m'en a pas dit un mot. Je peux m'en aller ?

— Oui, allez-y. Je resterai ici toute la soirée. »

Sophia se retrouva, pour la première fois depuis le début de la guerre, en train de dîner seule avec Luke. Il était clair qu'il voulait avoir une conversation intime avec elle mais qu'il ne savait pas par où commencer. Sophia aurait bien voulu l'aider. Elle se sentait très attendrie par Luke ces temps-ci, il avait l'air si malade et malheureux, mais les conversations intimes, sauf en de très rares occasions avec Rudolph, n'étaient pas vraiment dans ses cordes.

Luke commença par dire qu'il retournait au Foreign Office.

« Où en sont tes affaires ?

— Il n'y en a pas, dit-il brièvement, et il faut que je te dise, ma chère Sophia, que toi et moi allons être beaucoup plus pauvres.

— Je suppose. Eh bien, tu dois décider ce que nous devons faire. On pourrait très facilement s'installer dans le garage derrière la maison et je pourrais me débrouiller avec une bonne pour la journée, ou sans.

Dans ce cas il faudrait probablement que je travaille moins longtemps au poste. »

Luke, qui était toujours déconcerté par l'indifférence apparente de Sophia aux avantages que son argent lui avait apportés, secoua la tête d'un air impatient. « Nous allons être obligés de faire des économies radicales du simple fait que nous sommes en guerre. Je ne voyagerai pas comme avant, nous ne recevrons pas, il ne sera pas question de chasse ou de pêche, et je présume que tu n'auras pas tant besoin de vêtements neufs. Il n'est absolument pas nécessaire de réduire plus notre train de vie pour le moment. De plus, je trouverais très mal de renvoyer des domestiques.

— Sauf Greta, dit Sophia. J'aimerais vraiment que nous puissions nous débarrasser d'elle. Je déteste tout simplement avoir une Allemande chez moi, et les autres aussi. Mrs Round n'arrête pas de me dire : "Ne pas pouvoir parler de politique mondiale dans son propre office est très dérangeant pour nous toutes." J'en suis sûre. Et pourtant je n'ai pas le cœur de la mettre à la rue, la pauvre. C'est entièrement ma faute, je ne l'ai jamais aimée, mais j'étais trop paresseuse pour la renvoyer, tu sais comment c'est.

— Mieux vaut la garder encore un moment puisqu'elle est ici.

— Oh oui, je sais. Il le faut. »

Ils poursuivirent leur repas dans un silence poli mais pas très confortable.

Puis Luke dit : « Sophia, j'espère que tu ne vois pas d'inconvénient à ce que Florence continue d'habiter ici ?

— Bien sûr que non.

— Elle est très pauvre, tu sais. Je ne sais pas ce qui adviendrait d'elle si nous ne l'aidions pas. »

Sophia haussa les sourcils. Elle se dit que la Confrérie devait vraiment améliorer le caractère de Luke.

Jusqu'alors il suffisait que quelqu'un soit pauvre pour qu'il le méprise, le déteste et s'en défie.

« Eh bien alors, évidemment, nous devons l'aider, dit-elle avec chaleur. Je me demande… peut-être qu'elle serait terriblement vexée si je lui proposais de lui donner mon manteau en renard bleu. Je ne le mets plus et je sais que ce n'est plus à la mode, mais c'est extrêmement chaud.

— C'est très généreux de ta part, ma chère Sophia, et je suis sûr que, si tu ressentais l'inspiration de le partager avec elle, elle ne serait que trop contente d'accepter. »

Sophia résista à la tentation de dire qu'il fallait d'abord qu'elle le fît nettoyer.

« Je me réjouis que Florence soit ici pour te tenir compagnie quand je suis au poste, dit-elle. En fait, elle aussi travaille au poste maintenant, tu sais, mais nous ne nous croisons qu'une heure. C'est vraiment très bien de sa part. Elle va faire douze heures de nuit, c'est tout simplement horrible, je dirais.

— Florence fait certes partie des personnes qui croyaient, comme moi, que Herr Hitler et notre Premier ministre pourraient faire quelque chose de merveilleux des relations mondiales. Comme moi, elle est amèrement déçue par la conduite déloyale (oui, déloyale est bien le mot) envers notre Premier ministre. Mais, comme moi, elle pense que cette guerre cruelle n'est pas la bonne solution, ne peut que causer une détérioration des affaires mondiales et ne réglera rien. Les gens qui pensent comme nous sont bien seuls en ce moment, tu sais, Sophia.

— Ce que je n'arrive pas à comprendre, c'est pourquoi tu penses que la conduite des Allemands a été pire ou différente ces derniers mois que ce qu'elle était avant ; tous ceux qui savent lire savent qu'ils sont cruels et déloyaux. Ils ont toujours été les mêmes depuis l'époque de l'Empire romain. Je ne vois pas pourquoi nous devons attendre que les rapports et les livres blancs du gouvernement nous l'apprennent… Oh, eh bien, fit-elle, quel intérêt y a-t-il à en parler maintenant ? Je suis vraiment tout à fait désolée pour toi, Luke, tu as tellement d'amis là-bas et tu pensais que tout allait être rose.

— Ne te méprends pas, dit Luke avec conviction. Je juge que Herr Hitler a traité notre Premier ministre d'une manière absolument scandaleuse. En même temps, je pense que si les Anglais s'étaient engagés à fond dans le Réarmement moral et l'apaisement, les choses n'en seraient sans doute jamais arrivées là.

— Les Anglais, en voilà une bonne, je dois dire. Quoi qu'il en soit, il est maintenant parfaitement évident pour quiconque a un cerveau que notre sort est de combattre les Huns environ tous les vingt ans. Je commence à songer à avoir un enfant. Il va nous falloir rassembler toutes nos forces pour affronter en 1960 la classe 1942 qui, s'il faut en croire l'hérédité, sera composée des plus horribles brutes. »

Luke, qui appartenait à l'école de pensée « Nous n'avons rien à reprocher au peuple allemand », prit un air mélancolique et se retira dans son fumoir.

Rudolph écrivit :

> « On est tout à fait comme chez soi ici. Un des instructeurs nous a initiés ce matin au maniement de la baïonnette – voilà à quoi ça ressemble :
>
> « Première chose qu'y faut qu'on pense, c'est quoi les parties du soldat ? D'abord vous avez la tête. Maintenant, la tête d'un soldat est couverte d'un casque, donc ça sert à rien d'y flanquer un coup de baïonnette parce tout ce que ça va faire,

c'est du boucan. Qu'est-ce qui vient ensuite – la gorge, et la gorge est une affaire tout à fait différente. Cinq centimètres de baïonnette là, et vous chopez la trachée et la jugulaire. Très bien. Après, nous arrivons à ce qu'on pourrait appeler les soufflets. Les soufflets du soldat sont bien couverts de cartouchières et pour cette raison il faut pas y toucher, et aussi parce que juste un petit peu plus bas, vous avez le ventre. Maintenant il suffit de cinq centimètres de baïonnette dans le ventre, vous tournez bien et vous ressortez les tripes. Etc. (Je t'épargne le reste de l'analyse anatomique.) Maintenant, quand vous poursuivez un ennemi qui bat en retraite, il faut toujours viser les reins parce que ça rentrera comme dans du beurre et sortira comme du beurre. Quand le… est blessé, il faut s'agenouiller sur sa poitrine et lui flanquer des coups de crosse dans la tronche, comme ça vous gardez la baïonnette prête au cas où vous auriez besoin d'en foutre un coup à un autre… Il faut haïr les… sinon vous ne parviendrez à rien avec eux. » (Formidable pantomime.) Si ce n'était pas si drôle, j'aurais facilement pu vomir.

« Comment vas-tu ? Si tu me le demandes, je pense que Florence est une plus belle espionne qu'Olga. Toute cette histoire d'oiseau est extrêmement suspecte. Je vais bientôt avoir une permission et j'ai l'intention de fouiller minutieusement la chambre de Flossie. Entre-temps, fais attention aux comportements suspects – appareils photo par exemple, des gens qui fouinent dans les escaliers, les valises à double fond et tout le bazar.

« Je ne m'en tire pas très bien sans toi.

AMOUR ET XXXX RUDOLPH »

5

Les journaux sortirent soudain de leur hibernation de temps de guerre et purent offrir à leurs lecteurs des gros titres à leur goût. L'idole des Anglais, que toutes les autres nations civilisées nous envient, le héros d'un millier d'émissions, le Grand Vieux Monsieur de Vocal Lodge, bref le fameux Roi de la Chanson en personne, sir Ivor King, avait été trouvé sauvagement assassiné aux abords de la Pagode de Kew Gardens. Voilà une histoire capable d'éveiller l'intérêt dans les poitrines de tous excepté des cyniques les plus endurcis, et de fait, les compatriotes du malheureux, tout en mâchant leurs œufs au bacon le lendemain matin, furent secoués de frissons plutôt délicieux. Le corps nu, apprirent-ils, surmonté de cette bien-aimée vieille tête chauve, avait été mutilé et frappé avec des instruments allant du maillet de croquet au couteau de boucher. Ce traitement avait rendu le visage méconnaissable, et seul le crâne avait été épargné, mais sa perruque favorite, décoiffée et tachée de sang, avait été trouvée en fin de soirée par deux enfants qui jouaient innocemment sur Kew Green. Parmi les citoyens qui prenaient leur petit déjeuner, les heureux abonnés au *Daily Runner* commencèrent leur journée par ce titre :

Une tête sans perruque près
de la Pagode de Kew,
une perruque sans tête sur le Green

Plus tard, quand ils sortirent dans la rue, ce fut pour découvrir que les affiches des journaux du soir avaient entièrement abandonné « Un U-boot probablement coulé », « Des avions nazis probablement abattus », « Les exigences d'Hitler », « Les exigences de Staline » et les réactions des USA, et se consacraient à ce qui devait bientôt s'appeler « le Drame de la Perruque ». « Dernières nouvelles de l'Affaire de la Perruque. » « Le cadavre de la Pagode – Une mystification ? » « Le mystère de la Perruque déroute la Police. »

L'enquête une fois ouverte, la police fut obligée de lancer un appel aux gens qu'on attendait en foule, les suppliant de rester chez eux afin de ne pas constituer une cible pour les bombardiers ennemis. En dépit de cet avertissement, l'enquête sur la Perruque attira trop de curieux et le coroner chargé de l'Affaire eut quelques mots à dire à propos de l'amour que cette génération vouait à l'horrible. De fait, la grand-rue de Chiswick ressemblait au champ de courses d'Epsom au plus fort du derby.

Il serait difficile de faire mieux, pour rendre compte de l'enquête de la Perruque, que de passer la parole, comme on dit à la radio, aux colonnes de l'*Evening Runner*.

L'enquête sur le meurtre de la Perruque
La déposition du domestique
Encore frisée la semaine dernière

La victime est-elle bien le Roi de la Chanson ?

« On se bousculait aujourd'hui pour assister à l'enquête concernant le corps qu'on a trouvé vendredi dernier à la Pagode de Kew, et qu'on suppose être celui de sir Ivor King, le "Roi de la Chanson". Le corps a été tellement mutilé qu'aucune identification officielle n'a été possible, bien que Mr Larch, le domestique de sir Ivor, ait juré qu'il reconnaîtrait le crâne du "Roi" n'importe où.

La voix de son maître

« Durant sa déposition, Mr Larch, qui n'a pas caché son émotion, a déclaré que sir Ivor avait quitté Vocal Lodge pour aller à Londres à deux heures, dans l'après-midi de vendredi. Il semblait assez nerveux et a dit qu'il se rendait à un rendez-vous important, mais qu'il serait de retour à temps pour se changer afin d'aller écouter un chœur après le thé. La voix de son maître, dit Mr Larch, avait été très demandée par les organisations de la défense passive, et Mr Larch pensait qu'avec tous ces concerts, et l'évacuation de la serre des orchidées, sir Ivor paraissait tendu et fatigué ces derniers temps. Il n'était pas revenu à l'heure du thé. Mr Larch ne s'inquiéta pas outre mesure. "Sir Ivor avait le tempérament d'un artiste et manquait à la fois de ponctualité et de précision. Il lui arrivait de passer des nuits entières aux bains turcs sans informer sa domesticité qu'il n'avait pas l'intention de rentrer."

Sa perruque préférée

« “Quand les enfants ont apporté la perruque, poursuivit Mr Larch, j’ai trouvé que c’était étrange et inquiétant, du fait que c’était sa préférée. Nous l’avions encore fait friser la semaine précédente et il ne l’aurait jamais jetée. De plus, je savais qu’il n’en avait pas emporté d’autre. J’ai immédiatement averti la police.” C’est alors que Mr Larch éclata en sanglots et dut être évacué de la salle.

« Mr Smith, chauffeur de taxi, a déclaré que le vieux monsieur lui a d’abord dit d’aller au Ritz, mais l’a arrêté à Turnham Green et s’est fait reconduire aux grilles des jardins de Kew où il a payé la course en remarquant que c’était un beau jour pour se promener. Tout ce temps il chantait d’une puissante voix de ténor au timbre profond et semblait d’excellente humeur.

Une note très haute

« Mr Jumont, un jardinier de Kew, a déclaré qu’il était en train de fumer les rhododendrons quand il avait entendu le “Roi” passer sur une note très haute.

« Le coroner : “L’avez-vous vu ?”

« Mr Jumont : “Non, monsieur. Mais il était impossible de ne pas reconnaître le vieux quand il chantait de sa voix de soprano. De plus, c’était sa chanson préférée : *Quand je serai mort, ma très chère.*” (Musique de la marquise de Waterford.)

« À ces mots l’émotion fut générale, et il était difficile de trouver un œil sec dans la salle. Certaines élégantes sanglotaient si fort que le coroner dut menacer de les faire évacuer si elles n'étaient pas capables de se contrôler.

« Mr Jumont poursuivit sa déposition en déclarant que sir Ivor semblait se diriger vers la Pagode, et qu'il était environ trois heures de l'après-midi.

UNE SACRÉE CRINIÈRE

« Mr Bott, également employé aux jardins de Kew, a décrit sa découverte du corps. Juste avant la fermeture il avait remarqué des taches de sang et une ou deux boucles blondes au pied de la Pagode avant de voir que la porte de la Pagode, qu'il gardait toujours fermée, était entrouverte. Il était entré, et une traînée de sang sur les marches le mena jusqu'au sommet où le spectacle qui lui fut révélé était si atroce qu'il avait failli s'évanouir. "On se serait cru dans une boucherie et ça m'a fait un sacré choc."

« Le coroner : "Est-ce qu'alors vous avez pensé que ce pouvait être le corps de sir Ivor King ?"

« Mr Bott : "Non, monsieur. D'abord le vieux monsieur (qu'évidemment je connaissais très bien de vue) paraissait toujours avoir une sacrée crinière, comme on pourrait dire, mais la seule chose que je voyais clairement, c'est que cet individu n'avait pas un poil sur le caillou."

« Mr Bott dit, en réponse à une autre question, qu'il n'avait jamais pensé que les cheveux de sir Ivor King pussent être une perruque.

« Après la déposition de deux ou trois témoins supplémentaires, le jury du coroner, sans se retirer, se prononça pour le meurtre par une ou des personnes inconnues.

« Le coroner déclara que tout laissait présumer que le corps était celui de sir Ivor King. »

Le lendemain, dans sa colonne de petits articles de tête intitulée L'ANGLETERRE ATTEND, où ce que l'Angleterre attend en général, c'est un nouveau ministre de l'Agriculture, le *Daily Runner* publia un court paragraphe intitulé :

PLEUREZ LE ROI DE LA CHANSON

« Un personnage très courageux et très aimé nous a quittés. Pleurez-le. Mais rappelez-vous qu'il appartient maintenant au passé. Il est de notre devoir de dire que tout n'a peut-être pas été révélé sur les circonstances de sa mort. L'un de nos ministres est peut-être coupable de négligence. Dans ce cas, nous souhaiterions qu'une déclaration soit faite au Parlement.

« *Notre* douleur ne doit pas nous conduire à fermer les yeux sur sa faute. Car rappelez-vous que *nous* appartenons à l'avenir. »

Tout n'avait pas été révélé. De fait, le lendemain exactement, on apprit de source sûre que le Roi de la Chanson représentait une carte maîtresse dans la main du gouvernement. En fait il était sur le point d'inaugurer, en conjonction avec la BBC, le ministère de l'Information et le Foreign Office, la plus formidable campagne de propagande par la chanson que le monde eût jamais connue. Les gouvernements anglais et français, et non seulement eux, mais les démocrates de par le monde, attachaient une grande importance au projet. Ils estimaient qu'il aurait un effet profond sur l'opinion des pays neutres et pourrait bien entraîner l'Amérique dans la guerre, d'un côté ou de l'autre. Sans le Roi de la Chanson à sa tête, cette campagne tomberait à plat comme une crêpe, aucun autre être vivant, qu'il soit homme ou femme, n'ayant la personnalité ou le registre nécessaires pour la conduire. Elle devait donc être abandonnée. Sa fin prématurée et atroce portait donc un coup aussi sévère à la cause alliée que l'aurait fait un échec lors d'un engagement majeur.

L'horrible mot de sabotage, le mot plus horrible encore de fuite étaient maintenant sur toutes les lèvres et le pauvre Fred, à qui personne n'était reconnaissant d'avoir eu cette idée, était universellement exécré pour ne l'avoir pas réalisée. De la même manière que le premier lord de l'Amirauté est tenu responsable de la perte d'un navire important, la mort de sir Ivor était imputée au pauvre Fred. Il fit une déclaration à la Chambre qui n'apaisa personne et l'Angleterre s'attendait chaque matin à ce qu'il démissionnât. L'Angleterre ne s'y attendait pas plus que Fred ne s'attendait à devoir le faire. Mais il finit par s'en tirer par une demi-heure désagréable passée au 10 Downing Street. On supposait maintenant que le Roi de la Chanson avait été liquidé par des espions allemands qui avaient sauté sur les jardins de Kew en parachute et Sophia déclara à Luke : « Je te l'avais dit », osant à peine dorénavant regarder par la fenêtre de sa chambre.

Toute cette affaire bouleversait Sophia. Elle adorait son vieux parrain, et comme elle l'avait toujours beaucoup fréquenté, il allait énormément lui manquer. D'autre part, on ne pouvait nier qu'elle trouvait un certain élément d'excitation dans le fait d'être associée à un meurtre si horrible et célèbre – particulièrement quand, un jour après l'enquête, le notaire de sir Ivor lui téléphona pour lui apprendre, très confidentiellement, que Vocal Lodge et tout ce qu'elle contenait lui revenaient. Elle avait également hérité d'une fortune substantielle et d'une tiare en jais.

Sophia se jugeait maintenant autorisée à assumer le rôle gratifiant de pleureuse en chef. Elle prit un jour de congé du poste, ordonna à Rawlings de remplir le réservoir de la voiture d'une ration mensuelle d'essence et se fit conduire à l'oratoire de Brompton. Là elle passa une heure avec un haut dignitaire de l'Église catholique à préparer la messe de requiem qui devait s'y dérouler. Le dignitaire était un tel charmeur, et Sophia était si consciente d'être extrêmement jolie avec son nouveau chapeau noir, qu'elle cherchait des moyens de prolonger l'entretien. Elle finit par céder une grosse somme afin de faire chanter à perpétuité des messes pour l'âme du vieux monsieur. Et quand elle se rappela l'arrosage éternel auquel il l'avait si récemment condamnée, elle jugea que c'était de sa part une action noble et généreuse. La transaction achevée, elle produisit de grands efforts pour faire dévier la conversation du côté de sa propre âme, mais, contrairement à Florence, un sujet si personnel ne semblait pas du tout intéresser le dignitaire qui, très vite, avec tact et charme mais beaucoup de fermeté, lui fit comprendre qu'elle pouvait prendre congé. Dans la voiture Sophia songea que, quoi qu'on pût dire du papisme, au moins c'était une religion professionnelle qui n'avait rien à voir avec les confessions champignons telles que la Boston Brotherhood.

Sur le chemin qui la menait à Vocal Lodge elle passa prendre lady Beech qui avait consenti à l'accompagner dans son triste pèlerinage. Elle devait voir le notaire, les domestiques de sir Ivor et procéder à divers arrangements concernant son héritage. Lady Beech habitait Kensington Square. Elle était clairement déterminée à profiter pleinement de la ration d'essence de Sophia car, quand la voiture s'arrêta à sa porte, elle se tenait déjà sur les marches à côté d'un objet énorme sans forme particulière enveloppé dans de la toile à sac.

« Tu es très en retard, dit-elle. Ça ne te ressemble pas du tout. Je sais, ma chérie, que ça ne te gênera pas de déposer ce petit lit chez Heal au passage. »

Cela les retardait pas mal. Il devint évident en chemin que lady Beech aurait fortement désiré que Vocal Lodge lui revienne à elle, et non à Sophia.

« Oh, chérie, quel dommage, dit Sophia. C'est bête de sa part de ne pas y avoir pensé. Évidemment, je vais la donner à la Nation, tu ne penses pas que c'est juste, vraiment ? Pour qu'elle soit conservée exactement en l'état, un Autel à la Chanson, et je donne une partie de l'argent qu'il m'a laissé pour l'entretenir. Il m'a légué presque un quart de million, tu sais, donc je vais faire bâtir une maison de retraite Ivor King pour les vieux chanteurs, et aussi une salle de concert Ivor King. Tu ne crois pas qu'il serait content ?

« Très généreux de ta part, ma chère, dit lady Beech d'un air sombre. Dis-moi, ne t'est-il pas venu à l'esprit combien Vocal Lodge serait un cadeau plus intéressant pour la Nation si une personne y habitait – je veux dire quelqu'un de bien cultivé, avec un goût bien exquis ? Elle pourrait préserver l'esprit de l'endroit, tu comprends ? Comme ces châteaux de la Loire qui sont occupés par leurs familles d'origine. »

Sophia dit qu'elle avait à l'esprit exactement la personne qu'il fallait, une vieille gouvernante à elle extrêmement cultivée et dotée d'un goût parfaitement exquis. Lady Beech émit un profond soupir.

Quand elles arrivèrent à Vocal Lodge, Sophia s'enferma quelque temps d'abord avec le notaire puis avec les domestiques de sir Ivor, qu'elle supplia de rester jusqu'à la fin de leurs jours s'ils le souhaitaient. Larch la conduisit au premier et lui montra toutes les perruques de sir Ivor exposées sur son lit, un peu comme si ç'avait été un pèlerinage pour contempler le corps. Il était évidemment, tout comme Sophia, partagé entre une douleur sincère et un sentiment d'importance.

« La presse, m'lady, dit-il avec délectation, ils ont été horribles. À fourrer leur nez partout et prendre des photos. Et les mensonges qu'ils racontent, je ne sais pas si vous avez vu, m'lady, ils ont dit que la cuisinière était depuis dix ans avec sir Ivor. Ce n'est pas un jour de plus que sept.

— Je sais, dit Sophia. Je ne peux pas sortir de chez moi à cause d'eux. Il n'y a qu'à regarder toutes les voitures qui nous ont suivies ici. » De fait, il y avait eu une véritable flotte, grandement incommodée, aimait penser Sophia, par le détour et, à leurs yeux, leur trajet sûrement étonnant, via Heal.

Cependant lady Beech n'avait pas été oisive. Incroyable le nombre de meubles, de livres, de bibelots et même d'ustensiles de cuisine qu'elle avait prêtés à sir Ivor. La maison n'était réellement rien d'autre qu'une collection de choses prêtées. Avec un grand sens de l'à-propos, elle s'était munie de deux paquets d'étiquettes, soit à coller soit à attacher, et lorsque Sophia eut terminé, on aurait dit qu'une tempête de neige avait traversé toutes les pièces.

« Ma chérie, je viens tout juste de marquer quelques affaires à moi que le cher Ivor m'avait empruntées de-ci, de-là », dit-elle, tout en collant fermement une nouvelle étiquette sur la radio géante.

« Très intelligent, ma chérie. » Sophia se saisit de la tiare en jais, objet qu'elle convoitait depuis l'enfance. « Alors, au revoir, Larch, dit-elle. Gardez les perruques, n'est-ce pas, nous les enverrons à la maison de retraite Ivor King. Les vieux chanteurs en auront certainement besoin, et je sens que c'est tout à fait ce qu'il aurait voulu. » Larch pensa évidemment que cette idée était pleine de bons sentiments, et tint la portière de la voiture avec un regard d'approbation.

Elles retournèrent à Londres en silence, Sophia adorait lady Beech et aurait fait presque n'importe quoi pour elle, mais elle savait qu'il serait inutile d'offrir Vocal Lodge à la Nation si lady Beech devait toujours être là, soupirant à la venue du moindre visiteur.

POSTE DE SECOURS DE L'HÔPITAL STE ANNE

« Cher Rudolph chéri,

« Eh bien, la commémoration, je veux dire la messe de requiem. Tu as vu la photographie de Luke et moi avec le somptueux monseigneur ? Je l'ai trouvée très jolie. L'objet derrière nous en renard argenté, c'était Florence qui portait celui que je lui ai donné. On n'a jamais vu une foule pareille à celle qui se trouvait devant l'oratoire, et à l'intérieur il y avait des gens sur toutes les statues. Quand nous sommes arrivés au premier rang qui nous était réservé, qui crois-tu qui était habillée en quoi ? Évidemment, Olga en veuve française. Tu aurais dû voir les regards que lui lançait la chère lady Beech. Elle n'arrêtait pas de chanter exactement comme on ne le fait pas dans les églises papistes, et Serge pleurait tout haut dans un immense mouchoir bordé de noir, tu vois la chose, à onze heures du matin, mais je pense que c'est en fait à cause de son *Blossom* qu'on dit qu'il n'arrête pas.

« Comme nous descendions l'allée, Olga a rejeté son voile et, soutenue par Fred, a adressé des petits sourires courageux à droite et à gauche. J'ai oublié de te dire que le pauvre Fred est arrivé en retard, l'air trop coupable et en espérant que personne ne le reconnaîtrait, et évidemment Hamish a insisté pour le guider jusqu'à notre banc où il n'y avait pas de place, et après d'horribles murmures Luke a dû céder sa place au ministre. Puis en sortant Olga s'est trouvée mal pour pouvoir s'accrocher à lui comme tu le verras si tu regardes le *Tatler*.

« Tout le monde du spectacle était là, évidemment, ainsi que nous tous. Pense comme le vieil Ivor aurait aimé. Quel gâchis qu'on n'ait pas pu faire tout ça de son vivant. Tu ne le vois pas en train de choisir la perruque qu'il porterait ? Mais tu sais, même si c'était amusant par de nombreux côtés, je ne pouvais pas m'empêcher d'être affreusement triste, particulièrement quand nous sommes sortis et avons vu cette immense foule silencieuse et éplorée. Il ne fait pas de doute que la chère vieille créature était une sorte de figure de proue, et je suppose qu'il n'y a quasiment pas une âme en Angleterre qui n'ait pas entendu cette voix légèrement cassée (voyons les choses en face). Je pense que le *Times* a trouvé les mots justes en disant que plus cette voix d'or se nuançait d'argent, plus nous l'aimions. J'espère que ces horribles parachutistes l'ont tué rapidement avant qu'il ne se rende compte de quoi que ce soit – c'est ce qu'ils pensent à Scotland Yard parce qu'on n'a pas entendu un cri ni aucun bruit de lutte.

« Dès que Fred s'est débarrassé d'Olga, elle a flotté jusqu'à nous sous son voile et a commencé à insinuer qu'elle en savait plus qu'elle ne voulait le dire sur la mort d'Ivor. Je crains d'avoir été assez grossière avec elle mais vraiment je commence à être fatiguée d'Olga dans le rôle de la belle espionne – c'est devenu barbant. Je lui ai juste envoyé un télégramme disant : "Rendez-vous à John o'Groats et attendez instructions. F69[1]." J'espère qu'elle s'y rendra, c'est tout. Chéri, quelle idée divine que Floss puisse être une espionne – si énervant pour Olga, si c'était vrai. Maintenant, obtiens vite une permission et nous nous rendrons dans sa chambre pour procéder à une inspection.

« Baisers, mon chéri, de ta chérie

SOPHIA.

« *P.S.* Est-ce que je t'ai dit que Luke se rend en Amérique en mission très secrète pour le Foreign Office ? Bizarre de choisir ce vieux fasciste. Il faut que je lui achète des pastilles Horlick au malt pour les cent heures qu'il va passer dans un bateau ouvert qui sera certainement son tombeau – je n'arrête pas de lui conseiller d'aller ramer sur la Serpentine pour se faire la main. Donc je me retrouverai seule ici avec Florrie et sa bande. N'est-ce pas terrifiant ? Est-ce que Heatherley et Winthrop en sont aussi ? »

1. John o'Groats est réputé pour être la localité la plus au nord de Grande-Bretagne. (*N.d.T.*)

6

Sophia était maintenant désignée par les journaux comme « l'héritière à la Perruque ». Afin de découvrir ce qu'elle comptait faire de son héritage, les reporters la poursuivirent depuis les colonnes de sa porte d'entrée jusqu'au poste, où sœur Wordsworth finit par les mettre en déroute à l'aide d'une aiguille hypodermique. Comme elle se refusait à la moindre déclaration, ils inventèrent toutes sortes de choses. Le 98 Granby Gate était à vendre et sir Luke et lady Sophia Garfield s'installeraient à Vocal Lodge. Ils ne l'utiliseraient que comme résidence d'été. Ils allaient l'abattre pour construire un immeuble. (Les Amis de l'Architecture georgienne n'en dormaient plus.) Ils la fermeraient pour éviter les impôts. Ils plantaient un potager parmi les iris lesbiens. Seule la vérité était tue.

Luke, qui détestait vraiment la publicité, même quand elle prenait la forme d'un magnifique portrait de Sophia fait en studio et paru dans *Vogue*, parce que, disait-il, cela lui faisait du tort à la City, devint nerveux et accéléra ses préparatifs de départ. Sophia passa une journée à faire des courses pour lui. Elle s'en voulait de ne pas avoir été beaucoup plus gentille avec lui, comme souvent, et elle tâcha de se faire pardonner dans la boutique pour hommes de Harrods, si bien qu'il quitta l'Angleterre avec l'équipement complet de la victime de U-boot. Florence lui dit adieu devant sa porte et lui offrit un passe-montagne en forme de casque à pointe, mais Sophia, qui l'accompagna à la gare, le jeta par la vitre du taxi en lui expliquant qu'il y en avait un fait à la machine dans sa valise. Elle l'embrassa sur le quai accompagnée par les flashs au magnésium que, plutôt à son regret (car, bien qu'elle y eût toujours l'air d'une vieille négresse, elle aimait voir des photos d'elle dans les journaux), le ministère de l'Information empêcha de porter le moindre fruit. La mission de Luke était des plus secrètes. En dernier cadeau d'adieu elle lui offrit un Shakespeare de poche à lire, lui expliqua-t-elle, sur l'île déserte où sa chaloupe le déposerait probablement.

« Et si tu entends un grand bruit la nuit, ajouta-t-elle au moment où le train quittait la gare, ne te retourne pas pour te rendormir. »

« Comme Luke déteste les blagues et qu'il déteste la guerre, dit-elle à Mary Pencill qui était venue dire au revoir à un des lieutenants de Trotski, est-ce qu'il n'a pas beaucoup de chance d'aller en Amérique où ils n'ont ni les unes ni l'autre ? »

Mary emmena Sophia chez elle une fois le train parti et elles eurent une longue et amicale conversation au cours de laquelle elles parvinrent à éviter le sujet de la politique. Sophia, qui était considérée comme une rouge absolue par ces partisans de Munich, admirateurs de Mussolini et amoureux de Franco qu'étaient Fred et Ned, était encline à se sentir la plus acharnée des conservatrices en présence de Mary dont l'attitude de suspicion et d'obstruction l'énervait toujours.

« Tu continues d'écrire sur les fronts ? demanda Mary une fois qu'elles se furent installées devant sa cuisinière à gaz.

— Ris tant que tu voudras, attends juste d'avoir la langue écrasée et une légère hémorragie suintante comme un des patients qu'on a reçus hier… tu seras bien contente que je t'écrive sur le front.

— Qu'est-ce que tu racontes, hier ? Il y a eu un raid ? Je n'ai rien remarqué.

— Chérie, qu'est-ce que tu es sotte. C'était un exercice, bien sûr. Le téléphone sonne et je décroche et il dit : "Contrôle Sud à l'appareil. Exercice d'alerte rouge, attendez-vous à des blessés." Et puis, un peu plus tard, on trouve dans la rue un tas de gens à l'air malheureux qui viennent pour trois pence et une tasse de thé. On leur attache une étiquette qui décrit leurs blessures puis on les soigne, du moins les infirmières, j'écris sur leurs fronts et je les emmène prendre leur tasse de thé à la cantine.

— Avec toujours des choses écrites sur le front ?

— Eh bien, ils ont eu leurs trois pence, non ? Au début nous nous exercions les unes sur les autres, mais Mr Stone nous a fait très justement remarquer quelle pagaille ça serait s'il y avait vraiment un raid et qu'on amenait de vrais blessés qui trouveraient tout le personnel dans des attelles et ainsi de suite. Penses-y ! Donc ils travaillent sur cette nouvelle méthode maintenant. En plus ça fait beaucoup plus professionnel.

— Eh bien, tout ce que je peux dire, c'est que s'il y a un raid, j'espère qu'on me laissera mourir tranquillement là où je suis.

— Ne sois pas défaitiste, ma chérie », dit Sophia.

Le lendemain, Sophia, très jolie, selon elle, et avec un nouveau chapeau noir, se rendit à Horse Guards

Parade où, en présence d'une grande foule, du microphone et de cameramen, elle présenta à Fred, qui l'accepta au nom de la Nation, une maquette en carton de Vocal Lodge, l'Autel à la Chanson.

Fred fit un discours très émouvant. Il parla d'abord, bien sûr, du geste extrêmement généreux de Sophia jusqu'à ce qu'elle ne sache plus où se mettre. Il poursuivit en disant que l'Autel à la Chanson serait un monument idéal à celui dont la perte était irréparable pour la Grande-Bretagne et le monde de l'art, la perte d'un citoyen bien-aimé et d'un artiste vénéré.

« Et nous devons nous souvenir, poursuivit-il, s'échauffant, que la Mort n'a jamais le dernier mot. Quand nous penserons au Roi de la Chanson, quand nous nous rendrons en pèlerinage à Vocal Lodge, ce n'est pas à la Mort que nous devrons penser, mais à ce merveilleux vieil esprit qui continue à nous protéger, uni à l'esprit éternel du Patriotisme. L'œuvre qu'il aurait accomplie, s'il avait vécu, restera maintenant inachevée. Vraiment ? Ceux qui l'aiment – et ils n'étaient pas confinés à ce pays, n'oubliez pas, ils le pleurent tout comme nous le pleurons dans les palais et les chaumières du monde entier –, ceux qui l'aiment savent qu'avant sa mort il avait l'intention de vouer littéralement chacun de ses souffles à un Idéal. Il savait que, si notre cause était perdue, il n'y aurait plus de Chanson dans le monde, plus de Musique, plus d'Art, plus de Joie. Les amoureux de la musique partout, oui et même en Allemagne, se rappelleront que le plus grand chanteur de notre temps, s'il n'était pas mort de cette façon prématurée, allait se donner corps et âme à la lutte pour la Liberté. Plus d'un Autrichien, plus d'un Tchèque, plus d'un Polonais et même plus d'un Allemand y pensera en écoutant ses disques bien-aimés, prêtant une oreille inquiète aux bruits des pas feutrés sous sa fenêtre mais déterminé à profiter, quoi qu'il arrive, de cette Voix d'Or. La cause d'un pareil homme, penseront-ils, en écoutant ces trilles immortels, cette basse historique, et d'un tel artiste, doit être sans conteste la cause de la Justice. Qui peut dire si le Roi de la Chanson n'accomplira finalement pas plus dans la mort qu'il n'aurait pu, lui ou tout mortel, accomplir de son vivant ?

« Ô Mort ! où est ton aiguillon ? Oh Tombeau ! où est ta victoire ? »

Ce discours, qui fut extrêmement bien reçu, rétablit Fred dans l'estime de tous excepté de ce bonhomme irascible qui désigne tous les jours à l'Angleterre ce qu'elle doit attendre.

« Nous apprenons, écrivit-il le lendemain, que Vocal Lodge a été offerte à la Nation afin d'être conservée en Autel à la Chanson. Comment apprenons-nous cette nouvelle, qui intéresse tout l'Empire ? Par les colonnes de la presse libre ? Non ! Un ministre de la Couronne la cache au public afin de l'annoncer lui-même dans un discours. Remercions lady Sophia Garfield pour sa générosité. Elle n'est en rien coupable de la maladresse avec laquelle toute l'affaire a été menée. Examinons la carrière de ce ministre. Elle est loin d'être brillante. Nous aimerions le voir donner sa démission sur-le-champ et nous aimerions voir cette démission acceptée. »

Cependant, tous les autres journaux ainsi que les collègues de Fred pensèrent que c'était un boulot de première classe et qu'il s'était plus ou moins racheté d'avoir si négligemment égaré le Roi de la Chanson. Il était extrêmement reconnaissant à Sophia de lui avoir donné l'occasion de mettre à si bon profit la mort de sir Ivor. Lui et Ned l'emmenèrent dîner, la régalèrent d'huîtres et de champagne et se couchèrent vraiment très tard.

Quand Sophia rentra enfin chez elle, elle fut surprise et ennuyée, et un peu sidérée, de trouver Greta dans sa chambre. Elle ne permettait à personne de l'attendre. Greta semblait très peinée par quelque chose, son visage était gonflé de larmes et il se passa plusieurs secondes avant qu'elle ne pût parler.

« Oh, Frau Gräfin, ne les laissez pas me renvoyer en Allemagne… ils le feront, je le sais, et après, ils me mettront dans un camp et je mourrai. Oh, protégez-moi, Frau Gräfin.

— Mais Greta, ne soyez pas si absurde. Comment quelqu'un pourrait-il vous renvoyer en Allemagne ? Nous sommes en guerre contre les Allemands, comment pourriez-vous y arriver ? Il est possible que vous soyez internée en Angleterre si vous avez été condamnée par le tribunal, vous savez, mais j'irai avec vous, je parlerai au magistrat et je suis sûre que tout ira bien. Maintenant allez vous coucher et arrêtez de vous en faire. »

Greta semblait loin d'être rassurée. Elle tremblait comme un cheval nerveux et continuait de se lamenter à propos des horreurs des camps de concentration allemands et de la certitude qu'elle avait d'y être envoyée, à moins qu'un sort encore pire ne l'attende.

« Vous avez lu le livre blanc, dit Sophia avec impatience. Cela aurait dû vous faire prendre conscience à quel point vous avez de la chance de vous trouver en Angleterre.

— Oh, s'il vous plaît, protégez-moi, fut la seule réponse que fit Greta à cette tirade de propagande bien trouvée. Ils vont venir me chercher, peut-être cette nuit. Oh, s'il vous plaît, Frau Gräfin, est-ce que je peux dormir dans votre salle de bains cette nuit ?

— Certainement pas. Vous avez Mrs Round dans la chambre à côté et Rawlings dans la pièce suivante. Bien plus sûr que d'être dans ma salle de bains, et d'ailleurs, je veux prendre un bain. Maintenant, Greta, ressaisissez-vous et allez vous coucher. La mort de ce pauvre sir Ivor vous a bouleversée, ainsi que nous tous. Il faut que nous tâchions de l'oublier. Bonne nuit, Greta. »

Greta agrippa le bras de Sophia et en parlant très vite elle déclara : « Si je vous dis quelque chose à propos de sir Ivor, est-ce que je peux dormir dans votre salle de bains ? Il est… » Sa voix mourut dans une sorte de gémissement, les yeux fixés sur le seuil de la chambre. Sophia se retourna et vit Florence qui s'y tenait.

« Eh bien, c'est tout maintenant, Greta. Bonne nuit », dit Sophia. Greta passa furtivement devant Florence qui ne lui jeta pas un regard, mais dit à Sophia qu'elle était venue chercher de l'aspirine.

« J'ai dû quitter mon poste tant ma tête me faisait mal.

— Oh, quelle malchance. Est-ce qu'un cachet Fèvre ferait l'affaire ? Je viens d'avoir une scène incroyable avec Greta. Elle s'est mis dans la tête que quelqu'un allait la renvoyer en Allemagne, la pauvre idiote. J'aimerais bien que quelqu'un le fasse, je donnerais n'importe quoi pour me débarrasser d'elle. »

Florence déclara que c'était une erreur d'avoir des domestiques étrangers, la remercia pour le cachet Fèvre et monta au premier. Sophia s'attendait plus ou moins à ce que, maintenant que Luke était parti, Florence en fît autant, mais elle ne montrait nul signe d'une telle intention. Cependant, la maison était grande et elles se croisaient très rarement. De plus elle n'avait pas particulièrement d'antipathie pour Florence. Elles avaient seulement très peu en commun.

POSTE DE SECOURS DE L'HÔPITAL STE ANNE

« Mon Rudolph adoré,

« Florence a rejoint le poste, est-ce que je t'ai dit, et c'est vraiment plutôt une blague. Toutes ces sympathiques braves dames qui s'amusent tellement à se demander si la reine douairière de Ruritanie n'a pas du sang juif et si le prince héritier aura jamais un bébé et ainsi de suite, sont simplement méprisées par Flo qui dit qu'elle trouve extraordinairement peu de plaisir à potiner ces temps-ci. Au début, elles se sont beaucoup amusées à se purifier, à partager et recevoir l'inspiration, mais elles n'ont jamais vraiment accroché. La goutte qui a fait déborder le vase, c'est que Miss Edwards a dit qu'elle ne pouvait plus tirer les cartes quand Florence était là à cause de l'atmosphère, et les cartes de Miss Edwards étaient ce qu'il y avait de mieux au poste, on se les faisait tirer tous les jours. Bref, il semble qu'hier soir les infirmières soient allées en groupe voir sœur Wordsworth pour déclarer que, même si évidemment Florence était très très charmante et qu'elles l'aimaient toutes beaucoup, il ne fallait pas qu'elle reste un instant de plus dans la salle des soins. Sœur Wordsworth est merveilleuse, elle n'a pas bronché. Elle a immédiatement envoyé chercher Florence et lui a demandé si elle voudrait bien consentir à s'occuper de la maternité, qui est cette petite niche à chien, tu sais, à côté du musée, avec un berceau et une paire de bottillons en laine. En fait, Florence est très forte en obstétrique et elle était ravie. Donc tout est rose de nouveau et la reine douairière de Ruritanie et Miss Edwards règnent. Sœur Wordsworth dit que la patronne de la défense passive du coin est un pilier de la Confrérie et qu'elle lui a envoyé Florence avec une recommandation si fabuleuse qu'elle ne pourrait jamais être virée quelque emmerdeuse qu'elle soit.

« Heatherley et Winthrop se sont également engagés en tant que brancardiers, enfin la Confrérie semble se défendre très bien, ce que je n'aurais jamais cru. Je me demande si Heth n'est pas un peu amoureux de Florence, il y avait une forme qui ressemblait terriblement à la sienne sur le demi-palier quand je suis revenue tard du 400 il y a un ou deux jours. J'étais trop terrifiée pour regarder de nouveau, donc je me suis précipitée pour m'enfermer dans ma chambre. C'était probablement mon imagination.

« Je t'embrasse, mon chéri, quand est-ce que tu vas avoir une permission,

SOPHIA. »

Le téléphone sonna et Sophia répondit. « Contrôle Sud à l'appareil. Exercice ROUGE, attendez-vous à des blessés. » Cela signifiait que les « blessés » arriveraient de la rue. Elle monta quatre à quatre à la cantine prévenir sœur Wordsworth, qui était en train de prendre le thé.

« Merci, lady Sophia. Maintenant voulez-vous téléphoner au médecin ? dit sœur Wordsworth. Si vous faites vite, vous le trouverez chez lui. Il m'a dit qu'il aimerait venir au prochain exercice que nous ferions. »

Sophia redescendit en courant. Sur le chemin du bureau elle faillit entrer en collision avec Heth et Winthrop qui portaient une civière.

« Déjà des blessés ! » dit-elle, et comme elle poursuivait son chemin elle remarqua que la « blessée » sous la couverture sur la civière était sa femme de chambre, Greta. Elle fut surprise pendant une seconde avant de se dire que Florence devait avoir demandé à Greta de venir. Ils manquaient probablement de blessés. Elle avait une sorte de pansement sur la bouche, et avait à l'évidence été soignée pour une « langue écrasée », accident très apprécié à Ste Anne. Elle semblait avoir quelque chose dans l'œil, ou du moins il clignait et roulait d'une façon horrible.

Sophia, tout en se dirigeant vers le téléphone, gloussait toute seule. « C'est tout à fait eux, pensait-elle, soigner la pauvre femme pour une langue écrasée quand en fait elle est à moitié aveuglée par une poussière dans l'œil. Espérons qu'ils la lui enlèveront bientôt et lui donneront une tasse de thé. » Puis Sophia fut très occupée par l'exercice et oublia l'incident. Elle ne revit jamais Greta.

7

La sensation causée par le meurtre supposé de sir Ivor King, le Roi de la Chanson, à un moment à ce point inopportun pour le gouvernement britannique, était tout juste retombée quand le vieux chanteur réapparut, perruque et le reste, en Allemagne. La chose eut lieu le jour même où Vocal Lodge était ouverte au public, cérémonie qui, à la demande de la défense passive, n'avait pas été rendue publique et qui comprenait donc Sophia, dans une petite robe noire toute simple, servant des cocktails à Fred, dans son costume à rayures tennis, et quelques autres amis. À cause de lady Beech, la maison était peu meublée. Fred était à peine arrivé qu'on l'appela au téléphone. Les lèvres livides, il annonça qu'il venait d'apprendre une nouvelle qui l'obligeait à retourner sur-le-champ à son bureau.

La presse et la radio allemandes jubilaient. Il semblait que le vieux monsieur fût en visite dans ce pays amateur de musique dans le seul but d'y inaugurer une campagne mondiale de propagande antibritannique liée à la chanson. On pensait que cette campagne aurait un effet profond sur l'opinion des pays neutres, et pourrait bien entraîner l'Amérique dans la guerre, d'un côté ou de l'autre. Il avait été reçu en Allemagne comme un roi. Le Führer lui avait envoyé sa voiture et son garde du corps personnels pour aller le chercher à l'aéroport et il avait célébré son premier soir à Berlin en chantant *Deutschland über alles* à la radio un ton plus haut puis plus bas qu'il ne l'avait jamais été.

Lord Haw-Haw lui succéda au micro et, avec son accent inimitable, annonça que le Lieder König était trop fatigué pour continuer à chanter ce soir, mais que les auditeurs devaient se préparer pour son programme complet de propagande par la chanson dans deux jours à 18 h 30 sur la bande de trente et un mètres.

« Vous devez tous être impatients d'apprendre, poursuivit lord Haw-Haw, *comment* le Lieder König est arrivé dans notre patrie. (Il vous dira lui-même *pourquoi* il est venu.) Il semble que votre police anglaise n'ait jamais compris que le corps trouvé dans la Pagode de Kew Gardens était en fait celui d'un cochon sans perruque. S'ils ne s'étaient pas empressés de conclure, s'ils n'avaient pas pensé, ainsi qu'ils ont été amenés à le faire, que ces quartiers de viande saignante ne constituaient pas le corps mutilé du Lieder König, ils n'auraient pas été, je présume, si pressés de les enterrer. Il doit y avoir beaucoup de ménagères dont les maris sont occupés à flirter avec les jolies demoiselles françaises derrière les lignes en France, et à qui votre ministre de la Guerre, Mr Horribleisha, n'a pas encore payé leur solde d'une maigreur pathétique, qui auraient été bien contentes de disposer de ces quartiers de porc. Car le bacon est extrêmement rare en Angleterre aujourd'hui et en vérité n'apparaît pas ailleurs que dans les réfrigérateurs des riches.

« Je vous demande de nouveau : où est l'*Ark Royal* ?

« Vous écoutez les stations de Hambourg, Brême et D x B sur la bande de trente et un mètres. Merci pour votre attention. Nos prochaines nouvelles en anglais seront diffusées depuis le Reichsender de Hambourg et Brême à 11 h 15 heure de Greenwich. »

Pendant un jour ou deux, les journaux anglais assurèrent leurs lecteurs que le loyal vieux « Roi » reposait dans sa tombe catholique et que les Allemands devaient utiliser des disques enregistrés avant la guerre afin de réaliser une gigantesque supercherie. Hélas ! le « Roi » n'eut qu'à faire sa première émission complète pour que cette théorie s'effondre. Il n'y avait que lui pour dire : « Bonjour, chers amis ! Ne perdez pas la boule », d'un ton si jovial.

« Je suis venu en Allemagne, poursuivit-il, dans la seule intention de prêter mes services à la Patrie, et je fais cela en partie parce que je me sens en dette auprès de ce grand pays, ce foyer de la musique où il y a bien des années j'ai appris à chanter, mais surtout par amour de l'Esclavage. Cela fait longtemps que j'appartiens au parti de l'Esclavage anglais, un mouvement secret dont la plupart de vous ignorez jusqu'à l'existence, mais dont l'importance croît chaque jour. J'ai l'intention d'offrir des bulletins d'information et des paroles d'encouragement à ce parti, entre des programmes de chansons joyeuses que, j'espère, vous reprendrez tous en cœur. » Après avoir beuglé une ignoble parodie de notre hymne national selon laquelle les ouvriers de notre patrie aspiraient à l'esclavage, le « Roi » raconta l'histoire d'un ouvrier anglais qui, ayant eu le droit d'épouser une juive (chose qui, évidemment, ne pourrait jamais arriver en Allemagne), avait été roulé d'un shilling et six pence par son beau-frère.

« Maintenant un conseil à mes frères du parti de l'Esclavage. Brûlez immédiatement vos papiers confidentiels ou tout ce qui pourrait vous compromettre. Ceux d'entre vous qui possèdent des réserves d'huile de ricin, de menottes et de fouets dans l'attente du grand jour de l'Esclavage, qu'ils les enterrent ou les cachent dans un lieu sûr. Car on a vu Eden entrer au ministère de l'Intérieur cet après-midi à 17 h 46 heure de Greenwich et maintenant les Noirs-et-Bronzés doivent faire une grande rafle de suspects. Pour nos auditeurs non britanniques, laissez-moi expliquer que les Noirs-et-Bronzés sont la police redoutée d'Eden, ainsi appelée parce que ceux de ses membres qui ne sont pas noirs sont des play-boys de Mayfair, la lie de la Côte d'Azur. C'est une bande d'assassins brutaux et ceux qui tombent entre leurs mains disparaissent sans laisser de traces. »

Le plus sinistre dans cette affaire était que Mr Eden était réellement entré au ministère de l'Intérieur à 17 h 46 l'après-midi en question. Comment pouvait-il l'avoir su à Berlin à 18 h 30 ? Le ministère de l'Information décida de cacher pour le moment un fait aussi dérangeant.

Mais le lendemain matin, évidemment, toutes les vitres du tout nouvel Autel à la Chanson avaient été brisées. Lady Beech ayant emporté tous ses meubles, livres, bibelots et ustensiles de cuisine dans trois grands camions, il n'y avait heureusement pas grand-chose à abîmer, excepté le papier peint à rayures défraîchi du « Roi ». Larch et ses collègues démissionnèrent aussitôt et fuirent l'Autel de la Honte aussi vite que possible.

La pauvre Sophia se sentait flouée et aurait voulu que ce vieux salaud fût mille fois mort. Elle communiqua ce sentiment aux nombreux reporters par lesquels elle se trouva de nouveau cernée, mais malheureusement, une fois cristallisé en caractères d'imprimerie, il ne rebondit pas complètement à son crédit, du fait qu'elle était l'héritière du « Roi ». Le dignitaire de l'Église catholique était lui aussi très mécontent d'avoir été embobiné et d'avoir fait chanter une messe de requiem pour l'âme d'un porc. De fait les catholiques du monde entier étaient atterrés par la trahison du « Roi », d'autant plus qu'ils avaient toujours été très fiers qu'un personnage si distingué fût un coreligionnaire et avaient considéré sa colossale notoriété comme une plume au chapeau de la sainte mère l'Église elle-même, sans jamais oublier les œuvres pieuses de feu sa femme, la duchesse King à titre posthume. Enfin la colère des papistes monta au point que le pape dut plier sous l'orage et faire exhumer le corps de la duchesse posthume de son lieu de repos distingué dans les jardins du Vatican pour la faire enterrer de nouveau Via della Propaganda. Quand les Allemands protestèrent, il prétexta que les cardinaux les plus jeunes étaient obligés d'apprendre à faire de la bicyclette à cause du manque d'essence et n'arrêtaient pas de faire des chutes sur sa tombe. Les amateurs de musique et les fans du « Roi » de par le monde civilisé étaient tout aussi furieux et déçus. Ses disques et son effigie furent brûlés dans les bourgs de toute l'Angleterre et ses perruques dans les jardins de Kew, tandis qu'à Londres ses chansons étaient brûlées par le bourreau.

Mais c'est le pauvre Fred qui reçut le coup le plus dur. Il se précipita à Downing Street et n'y passa pas une demi-heure mais rien que le temps d'écrire une lettre commençant par « Mon cher Premier ministre » et de rendre son maroquin. Il fut remplacé à la tête du ministère par Ned, à la joie à peine voilée de ce dernier. Le *Daily Runner* poussa la malveillance jusqu'à publier des extraits du discours « Ô Mort, où est ton aiguillon » et se réjouit de la démission de Fred, mais n'en fut pas pour autant content du choix de Ned, et suggéra que c'était tomber de Charybde en Scylla.

Fred et Sophia dînèrent très tristement à l'hôtel Hyde Park. Ned, ne voulant pas risquer d'être vu en une compagnie à ce point discréditée, se tint à distance, ce qui fut certes sage car, alors qu'ils entraient dans la salle à manger, ils tombèrent dans une embuscade et subirent le feu nourri d'au moins dix photographes de presse. Fred ne pouvant plus se permettre les huîtres et le champagne rosé, ils se contentèrent de saumon fumé et de bordeaux.

Il était intensément mélancolique. « Ma carrière est finie », déclara-t-il.

Sophia répondit : « C'est idiot, pense à lord Palmerston », mais il n'y avait pas grande conviction dans sa voix.

Le lendemain elle apprit qu'il avait pris le commandement du *Blossom* de Serge.

Poste de secours de l'hôpital Ste Anne

« Oh, Rudolph chéri, qui aurait cru ça de cette vieille horreur ?

« Je dois dire qu'il y a quelque consolation à tirer de toute l'affaire et ce sont les émissions. Est-ce qu'elles ne sont pas divines ? Je ne peux pas en rater une et sœur Wordsworth a dû changer les horaires pour que personne ne soit sur la route pendant leur diffusion. Je ne peux pas même sortir le soir à cause de celle de 22 h 45… celle de 18 h 30, je l'écoute ici avant de partir.

« Le pauvre Fred fait de temps en temps des apparitions, quand il peut quitter son *Blossom*, et nous l'écoutons ensemble après le dîner. Sa femme ne les supporte tout simplement pas, et je ne lui en veux pas, quand tu penses aux mille livres annuelles qu'elles leur coûtent. C'est certes pour Fred que c'est le plus dur, mais je fais pas mal figure d'idiote avec la messe de requiem, l'Autel à la Chanson et ainsi de suite.

« J'ai eu de la chance qu'Olga joue les veuves courageuses, il faut dire, et se fasse photographier avec Fred, sinon comme elle aurait pavoisé. J'ai entendu dire qu'elle était sur le point de se rendre à John o'Groats quand elle a deviné que c'était moi et maintenant elle est furieuse, donc il faut que tu trouves d'autres coups à lui faire. Peut-être que tu pourrais y penser puisque tu es amoureux d'elle… fais-le.

« Que te dire d'autre ? Oh oui, Greta est partie, est-ce que ce n'est pas de la chance ? Elle est venue ici nous donner un coup de main pour un exercice et n'est pas revenue depuis et apparemment ses bagages ont tous disparu, donc je suppose qu'elle m'a quittée. Je suis très contente, je détestais vraiment avoir une Allemande chez moi, surtout qu'elle adorait tous les dirigeants nazis, elle me flanquait les chocottes, tu sais. Donc maintenant Mrs Round peut de nouveau parler politique dans son office.

« Ici tout est pareil. Florence, Heatherley et Winthrop ne quittent quasiment plus la maternité ces jours-ci. Je ne peux pas me représenter comment ils tiennent tous dans cette pièce minuscule. On dirait qu'ils n'arrêtent pas d'aller chercher de la nourriture à la cantine. Je crois que les Frères mangent deux fois plus que les gens ordinaires. Quoi qu'il en soit, ils ne font de mal à personne, et Miss Edwards est revenue au sommet de sa forme, ses prédictions sont divines et est-ce que ce n'est pas bizarre qu'elle dise qu'elle voit la même chose dans toutes nos mains, comme avant un accident de chemin de fer, et que c'est QUELQUE CHOSE DE BIZARRE SOUS NOS PIEDS. Dieu merci, pas au-dessus de nos têtes parce que j'aurais alors su que c'étaient des parachutistes et serais morte de frayeur. Elle pense que peut-être l'endroit est bâti sur un charnier du temps de la peste, mais Mr Stone dit que ça doit être le grand collecteur et je suppose qu'il doit y avoir des choses plutôt bizarres dedans.

« Il faut que je me sauve parce que le vieux scélérat va chanter des chants de camp (de concentration, je suppose) à huit heures, en extra.

AMOUR ET XXX DE SOPHIA.

« *P.S.* Il y a un tuyau qui fait un bruit exactement comme ceux des cigales sur les îles de Lérins. Si je déteste l'étranger, on ne peut pas vraiment y ranger Cannes et c'était un été divin, tu te rappelles, quand Robin a prêté la Clever Girl pour l'immersion funéraire d'un notaire niçois et que le cercueil s'est échappé et s'est retrouvé sur la plage de Monte Carlo. J'aimerais que ce soit maintenant. Chéri. »

Dès lors les faits et gestes du Lieder König devinrent une sorte de feuilleton qui revenait jour après jour à la une des journaux, volant la vedette aux beaux commandants de U-boot, à la joie des poilus à revoir le kilt et aux rumeurs alternées touchant le rationnement du bacon qui jusqu'alors avaient délivré chaque matin leurs parts d'ennui. Il devint rapidement le seul sujet de conversation dès que deux Anglais ou plus se rencontraient, tandis que les ventes de postes de radio à Londres avaient augmenté de cinquante pour cent et qu'une centaine de personnes portant le nom de King avaient demandé à en changer officiellement. Ses programmes étaient un festin perpétuel, surtout pour les collectionneurs de curiosités musicales, comme, par exemple, quand il chanta le premier acte de *La Bohème*, « Tes petites mains sont gelées », etc., deux fois avec Frau Goering en interprétant alternativement le rôle de l'homme et de la femme. C'est après cela qu'il dit que le Premier ministre s'était promené dans St James Park le matin même, en donnant la liste de tous les oiseaux qu'il avait vus et de ce qu'ils faisaient exactement. Et bien que les oiseaux, vu que nous étions en automne, se fussent conduits avec une absolue correction et qu'ainsi donc personne ne se sentît gêné sur ce point, le simple fait qu'une information si précise eût si rapidement atteint Berlin était un souci pour les autorités. En une autre occasion il chanta tout un acte de *Pelléas et Mélisande* en assumant tous les rôles, tour de force qui fut qualifié d'unique et même le critique du *Times* fut obligé d'admettre que le Lieder König n'avait jamais, de mémoire d'homme, été en meilleure voix. Un incident touchant eut lieu quelques jours plus tard quand Herr Schmidt, le professeur de musique du Lieder König, qui avait prophétisé il y avait tant d'années à Düsseldorf que la voix de Herr King entrerait dans l'histoire de la musique, parla à la radio. Il avait maintenant cent huit ans et prétendait être le plus vieux professeur de musique vivant. Sa performance, il est vrai, ne fut pas très satisfaisante et fit plutôt l'effet de quelqu'un qui soufflait des bulles, mais le Lieder König rendit un charmant hommage au vieux bonhomme. Il déclara que, tous ses succès dans sa vie étant dus aux leçons attentives de Herr Schmidt, un Allemand, il était plus qu'heureux d'avoir l'occasion d'aider la Patrie dans ces temps difficiles. Son professeur et lui-même reçurent alors des mains de Herr von Ribbentrop, qui parlait un excellent anglais, la médaille de troisième classe de l'ordre de la Ligne Siegfried.

À la fin de chaque concert, le Lieder König annonçait de succulentes nouvelles pour le parti de l'Esclavage anglais. Bientôt, d'après ses informations, de vastes camps de concentration fleuriraient partout en Angleterre pour qu'on y mette Churchill, Eden et les autres marxistes – ici il se reprit – libéraux, juifs et ploutocrates.

Bientôt l'autorité bienveillante du national-socialisme s'étendrait à travers les mers dans tous les recoins des Empires britannique et français, mettant tous leurs citoyens sous le joug du tyran et faisant disparaître les derniers vestiges de liberté personnelle. Bientôt toutes les nations du monde goûteraient les inestimables bienfaits de l'Esclavage.

« Vous écoutez le Reichsender Brême, stations de Hambourg et D x B sur la bande de trente et un mètres. La causerie en anglais du Lieder König est terminée. »

8

Sophia s'habillait pour sortir dîner avec Fred, Ned et lady Beech. Elle faisait toujours très attention à son apparence, surtout quand elle devait être vue en compagnie de lady Beech, dont les vêtements étaient les plus exquis de Londres et qu'il était impossible d'éclipser dans ce domaine. Sophia n'avait pas essayé de remplacer Greta et commençait à réaliser quelle excellente femme de chambre cette ennuyeuse Allemande avait été. Ce soir-là elle était incapable de trouver ce qu'elle voulait et Elsie, la bonne, ne lui était pas d'une grande aide.

Sophia était quelqu'un de très ponctuel, ce qui avait pour résultat qu'elle se trouvait souvent en train d'attendre les gens et de fait elle devait avoir passé plusieurs semaines de sa vie à attendre Rudolph. Ce soir-là, Fred et elle arrivèrent les premiers et simultanément, en dépit de tout le retard qu'elle avait pris dans sa chambre. Il lui commanda un verre et lui murmura à l'oreille que Ned se comportait comme s'il avait été ministre toute sa vie. Quoi qu'il en fût, il semblait qu'il se sentait suffisamment en selle après trois Conseils des ministres pour fréquenter ces victimes des circonstances, Fred et Sophia. Mais évidemment Fred, dans son uniforme de commandant du *Blossom*, rappelait à peine le Fred vêtu du pantalon rayé de sa disgrâce. Il avait déjà la mine bronzée et l'air en pleine santé et on aurait dit qu'il avait pris trois bons centimètres.

Puis lady Beech fit son apparition, merveilleuse en vert cendré et noir avec des plumes d'autruche et une énorme émeraude en forme de feuille de laurier. Sophia se sentit immédiatement très mal fagotée.

« Tu as de la chance, dit-elle, d'avoir toujours des choses si divines. J'aimerais vraiment être toi.

— Enfant ! » dit lady Beech d'un ton désapprobateur.

Très tard le ministre lui-même arriva au galop en se plaignant qu'il avait été retenu au 10. Sa propre maison se trouvant au 10 de Rufford Gate et non de Downing Street, son excuse offrait une ambiguïté plaisante. Ils allèrent dîner.

Fred et Ned avaient un grand faible pour lady Beech. Elle était leur seul lien à la culture, et Fred et Ned n'étaient absolument pas aussi insensibles aux choses de l'esprit qu'il y paraissait. À l'école et à Oxford ils avaient été des garçons intelligents avec des dons littéraires et la passion des humanités. Seule leur entrée prématurée dans la politique avait réduit leurs capacités intellectuelles au niveau de celles de l'école primaire. Les pauvres garçons continuaient à ressentir en eux la vague aspiration vers un plan supérieur de la vie et adoraient entendre lady Beech discourir, avec les accents policés et combien tristement familiers, d'Oscar, Aubrey, Jimmy, Algernon, Henry, Max, Willie, Osbert et les autres. Ils pouvaient aussi lui parler de ceux de leurs contemporains dont la vie avait pris un tour plus intellectuel que la leur, car lady Beech était aussi aimée par l'actuelle génération d'artistes et d'écrivains qu'elle l'était par l'ancienne.

Une autre chose qui la leur rendait chère était le fait que, contrairement à tout le monde, elle les appelait sir Frederick et lord Edward et que, au lieu de leur exposer son opinion sur la Situation, elle s'en remettait d'une manière flatteuse aux leurs. Cela leur donnait positivement l'impression d'être des adultes. Elle les aimait bien également. C'étaient de jeunes hommes si jolis et polis et elle appréciait particulièrement les huîtres et le champagne rosé. Quand, ce soir-là, ils suggérèrent qu'un petit vin blanc pourrait faire l'affaire à cause des impôts, et du fait qu'il restait si peu au pauvre Fred pour payer les siens, elle poussa un soupir abominable et ils retournèrent bien volontiers au régime d'avant-guerre pour l'occasion. Le dîner ayant été commandé à son entière satisfaction, lady Beech se tourna vers Ned avec son habituel gambit : « Dites-moi, lord Edward. » C'était vraiment affreux de sa part du fait que jusqu'à aujourd'hui ç'avait été : « Dites-moi, sir Frederick. »

« Dites-moi ce qui va se passer, selon vous ? »

Ned déplia sa serviette et dit gaiement : « Oh, grand Dieu, je ne sais pas. Pas grand-chose, je pense.

— Ah ! Vous voulez dire qu'il n'y aura pas d'offensive alliée pour le moment ?

— Salut, voilà Bob ! Eh bien, lady Beech, vous n'allez pas me citer, n'est-ce pas ? Je n'ai jamais dit ça, vous savez. Mais entre nous, tout à fait entre, eh bien je pense plutôt que nous allons continuer à nous démener sans grand succès jusqu'à ce que nous ayons gagné la guerre… ou perdu, bien sûr.

— Diriez-vous qu'il y a une possibilité ?

— De quoi ?

— De perdre la guerre ?

— Oh, une bonne chance, oh Dieu, oui. Mais attendez, évidemment nous allons gagner, nous finissons toujours par gagner. Tout ce que je dis, c'est que ça pourra être une longue affaire, à voir comme on s'y prend. Eh bien, Fred, comment est le ballon ces jours-ci, hein ?

— Il y a des hauts et des bas, tu sais. Le faire atterrir, c'est comme de pêcher le saumon. Je m'amuse. Franchement, ça m'amuse plus que… oh, eh bien, c'est la vie saine au grand air.

— Diriez-vous, demanda lady Beech, que les ballons sont très utiles ?

— On m'a dit qu'absolument pas, aucun, fit Ned de sa voix puissante et chaleureuse.

— Ah ! » elle jeta un regard inquisiteur à Fred, qui était très irrité.

« C'est complètement une affaire d'opinion, dit-il avec mauvaise humeur. Moi, je dirais qu'ils sont sacrément plus utiles que… oh, eh bien. Quoi qu'il en soit, c'est une vie saine au grand air pour les gars qui le font, ce qui est plus que ce qu'on peut dire de… eh bien, d'autres genres de vie.

— Tu crois que tu peux empêcher les parachutistes d'atterrir ? demanda Sophia. C'est la seule chose qui me dérange. Les bombes, les gaz, tout ce que tu voudras. Ce qui me donne la chair de poule, c'est l'idée de ces sinistres silhouettes grises qui n'ont que le devant de la tête qui passent en flottant devant ta vitre comme des flocons de neige.

— Ils ne seraient pas en gris, l'assura Ned. S'ils arrivent jamais, ce qui est très improbable (non que les ballons puissent les arrêter), ils seront habillés en officiers des Gardes.

— Dans ce cas, ouvre ta fenêtre et casse-leur les jambes à coups de tisonnier », suggéra Fred.

Lady Beech brisa alors la glace en disant : « J'ai écouté mon pauvre beau-frère à la radio avant de sortir. »

Évidemment tout le monde mourait d'envie d'aborder le sujet, mais aucun ne l'avait fait, Sophia à cause du pauvre Fred, le pauvre Fred parce qu'il savait que lady Beech était la belle-sœur du « Roi », et Ned parce que, même s'il était la personne la moins sensible du monde, il sentait quand même que ce n'était peut-être pas à lui de le faire, après ce que la défection de sir Ivor lui avait rapporté.

Lady Beech poursuivit. « Il donnait un concert de Mozart et je dois vous dire que c'était parfaitement exquis. Schumann elle-même n'aurait pas donné une interprétation aussi idéale de *Voi che sapete*… je n'ai jamais entendu de telles notes, jamais.

— Oui, la vieille bête sait chanter, marmonna sombrement Fred.

— Je me demande ce qu'il ressent, dit Sophia. Je veux dire, quand il pense à nous tous, il doit être plutôt triste. Il aimait tellement les blagues, aussi, et je ne pense pas qu'il en entende beaucoup, ou du moins qu'il ait quiconque avec qui les partager.

— C'est si étrange, dit lady Beech, oh, c'est si étrange ! Comme vous savez, j'étais très intime avec lui, et j'aurais dit qu'il avait un amour particulièrement fort pour son pays, et ses concitoyens. Il t'était tellement attaché, ma chérie, et à tous ses amis… je crois que je peux ajouter : à moi-même. » Elle soupira. Le legs de Vocal Lodge, même s'il s'était révélé prématuré, lui restait encore un peu sur le cœur. « Eh bien voilà. Je ne comprendrai jamais, jamais. Pour moi ça ne peut pas être vrai et pourtant… Dites-moi, lord Edward, se peut-il qu'il fasse ça pour un motif dont nous ne savons rien ? »

« Je ne saurais dire. J'imagine que le vieux fossile est bien payé, non ?

— Oh, vous ne connaissez pas Ivor si vous pensez que cela a quoi que ce soit à voir avec ça. Il ne s'est jamais intéressé à l'argent. Il en avait beaucoup trop pour ses besoins. Pourquoi en vouloir plus ?

— J'attribue ça à un goût morbide pour la publicité », dit Fred. Il ne pouvait pas parler sans aigreur de celui qui avait fait capoter sa carrière.

« Mais il aurait eu de la publicité avec votre projet, sir Frederick, avec de l'amour et des éloges au lieu de la haine et du mépris.

— Dépend de la façon dont on considère la chose. Je suppose qu'il reçoit suffisamment d'amour et d'éloges en Allemagne.

— Je ne peux pas croire que ce soit une grande consolation pour lui. Il ne s'est jamais intéressé à l'Allemagne, pour ce que j'en sais. En tout cas il n'y a jamais chanté. Je pourrais dire qu'il ne s'intéressait à rien d'autre, ces dernières années, que son jardin. Il négligeait même sa voix pour pouvoir rester plus longtemps parmi ses choux. Je le lui reprochais.

— Peut-être qu'ils lui ont promis une masse d'iris lesbiens.

— Peut-être qu'ils l'ont torturé jusqu'à ce qu'il accepte de chanter pour eux.

— Ah, voilà je pense l'explication la plus probable, dit lady Beech avec une sombre satisfaction. Et de façon bizarre, c'est précisément celle qui ne m'est jamais venue à l'esprit. Terrible, terrible. Qu'est-ce que vous diriez qu'ils lui font, lord Edward ?

— Oh, en fait, je ne sais pas grand-chose sur ce sujet. Les poucettes, je suppose, puis il y a le chevalet, les brodequins et la *peine forte et dure*[1], mais j'ai toujours pensé qu'une veilleuse sous la plante des pieds faisait très bien l'affaire.

— Arrête », dit Sophia en se bouchant les oreilles. Elle ne supportait pas d'entendre parler de torture.

1. En français dans le texte.

« En fait, je me demande s'il le ferait avec autant d'entrain s'il avait les poucettes suspendues au-dessus de la tête, pour ainsi dire. Je veux dire qu'il délivre la marchandise comme s'il s'amusait vraiment… non ?

— Vous oubliez, dit lady Beech, qu'Ivor était avant tout un artiste. Une fois qu'il commençait à chanter, il le faisait toujours bien, en toutes circonstances. Il ne pouvait pas s'en empêcher.

— Oh, pauvre vieux monsieur, dit Sophia, il aurait vraiment mieux valu qu'il meure à la Pagode de Kew.

— Bien bien mieux valu, dit lady Beech. Maintenant, dites-moi, lord Edward (je change de sujet pour un autre à peine moins douloureux), en supposant, je dis en supposant qu'on ait une toute petite somme d'argent à investir, que conseilleriez-vous de faire avec ? Je ne parle pas en tant que ministre, je veux juste votre avis sincère.

— Personnellement, dit Ned, s'animant, je le mettrais sur un cheval. Je veux dire, une somme pareille, la sorte que vous décrivez, ne vaut pas vraiment la peine d'être économisée, non ? Pourquoi ne pas la miser avec panache sur Sullivan dans la course de 15 h 30 demain ?

— Vous ne diriez pas cela si vous saviez à quel point je suis malchanceuse, n'est-ce pas, mon enfant ? dit-elle à Sophia. Mais ce que je voulais vraiment savoir, c'est à propos de ces bons de la défense, faut-il en acheter ou pas ? Je pensais que vous pourriez me conseiller. »

Ned sursauta avec embarras et déclara que les bons de la défense étaient exactement ce qu'il lui fallait. « J'ai acheté un certificat pour mon mioche aujourd'hui, dit-il, mais le petit sagouin voulait du liquide. Je ne peux pas lui en vouloir… je veux dire évidemment à cet âge. Dans quinze ans il sera content… s'il n'est pas mort. Eh bien (il jeta un regard important à sa montre), il faut que je retourne au 10.

— Mon enfant, dit lady Beech, avez-vous Rawlings avec vous ? Non ? Alors peut-être que lord Edward m'escortera à un bus. »

Fred et Sophia décidèrent d'aller faire la fête. Ils se rendirent dans plusieurs restaurants très gais puis dans une boîte de nuit. Là, de nombreuses heures après avoir quitté le Carlton, Fred parla de ses Idéaux. Il semble que la nuit, tandis qu'il regardait son *Blossom* donner de la bande parmi les étoiles, des Idéaux étaient venus à Fred, et il avait résolu, s'il redevenait jamais ministre, qu'il serait guidé par eux.

« Avant, tu sais, je vivais au jour le jour en faisant les choses comme elles venaient sans aucun but dans ma vie. Mais maintenant, ce sera différent. »

Sophia avait déjà entendu ce genre de discours. Il lui donnait l'horrible impression que la Confrérie exigeait une nouvelle victime. Mais apparemment, cette fois-ci, c'était l'Union fédérale, et Fred développa longuement ses théories devant elle.

« Alors qu'est-ce que tu en penses ? demanda-t-il une fois qu'il eut terminé.

— Eh bien, chéri, je n'ai pas vraiment compris. Je me sens délicieusement dans les vapes pour te dire la vérité, tu connais la sensation, comme cet anesthésique qu'ils te donnent aujourd'hui.

— Oh. » Fred était déçu.

« Redis-moi, chéri, et j'écouterai plus attentivement. »

Il lui dit.

« Eh bien, si ça signifie que le monde entier va être gouverné par les Anglais, je suis pour.

— Oh non, ce n'est pas du tout ça. J'ai dû mal t'expliquer. »

Il recommença en se donnant une peine colossale.

Quelqu'un que Sophia connaissait vint alors à leur table. Sophia se sentait extrêmement vague. Elle lui présenta Fred comme sir Frederick Union. Après quoi il la ramena chez elle.

9

Le Lieder König venait juste de terminer une de ses émissions pour les animaux. Celles-ci étaient une terrible épine dans le pied des autorités, qui considéraient que toutes les autres pièces de son répertoire étaient on ne peut plus inoffensives, bien que les nouvelles qu'on y donnait à la fin continssent toujours un élément prouvant que les services secrets allemands battaient les nôtres d'environ douze heures pour transmettre les faits à Berlin, ce qui n'était pas pour plaire beaucoup au contre-espionnage. Mais les émissions pour les animaux représentaient une véritable menace. En jouant sur l'amour bien connu des Anglais pour les animaux, le Boche malin offrait cet énorme cadeau aux animaux du Royaume-Uni.

« Amenez votre ouah-ouah, votre miaou-miaou, votre coin-coin, votre meuh-meuh, votre dada, votre souricette et vos trois petits poissons devant la radio. Ou transportez la radio dans l'étable si vos animaux favoris ne peuvent pas entrer. Pour ceux qui élèvent des poules en batterie ces concerts se sont révélés tout à fait profitables… il y a peu de poules qui peuvent se retenir de lâcher un œuf après avoir entendu le Lieder König. Mais le véritable objet de ce programme n'est pas intéressé, il est d'apporter de la joie dans le cœur des bêtes dont une trop grande partie passent une triste vie sans musique. Il n'est pas nécessaire que vos animaux continuent d'appartenir à cette catégorie : amenez-les tous devant la radio et voyez quel plaisir vous leur donnez. Le Lieder König lui-même, qui est capable de chanter si haut que les chauves-souris peuvent l'entendre, et si bas que les buffles le peuvent aussi, est ici spécialement pour apporter à vos bêtes la force par la joie. »

Le vieux monsieur venait alors au micro et commençait par faire un petit discours sur la confusion qui régnait dans la défense passive animale londonienne. Il n'y avait que peu de chiens et aucun chat du tout qui portaient un masque à gaz et les cages à l'épreuve des gaz pour les oiseaux et les souris étaient l'exception plutôt que la règle. Les postes de secours vétérinaires étaient scandaleusement peu nombreux et mal équipés. Le programme d'évacuation n'avait pas été un succès et de nombreuses mères de chiens les avaient gardés à la maison au lieu de souffrir de manière altruiste de s'en séparer pour leur bien. « Je dédie ce concert aux animaux évacués dans des foyers inconnus, dit-il, qu'ils pensent à l'Angleterre et ne rentrent pas à Londres jusqu'à ce que cette guerre stupide soit terminée. Ici en Allemagne, on ne voit presque jamais d'animaux de compagnie. Tous les chiens sont sur la ligne Siegfried et le reste joue noblement son rôle quelque part. » Il poussait alors une série de hurlements et de gémissements qui avaient indubitablement un effet inquiétant sur les animaux qui les entendaient. Chiens et chats se joignaient au chœur, les chevaux se mettaient à danser sur leurs postérieurs et les petits zoziaux devenaient presque fous de joie. Les souris sortaient de leur trou pour écouter, tandis qu'à la campagne la radio se révélait être un aimant à grenouilles, escargots et limaces que bien des gens étaient trop contents d'utiliser comme appâts pour les petits animaux nuisibles. Les autorités du zoo firent enregistrer des disques pour égayer leurs pensionnaires pendant le couvre-feu, et Ming, le panda, refusa bientôt de manger à moins qu'on ne lui en fasse entendre un.

On peut aisément imaginer le résultat de tout cela. Le lendemain de l'un de ces concerts, les députés étaient inondés par un véritable déluge de lettres de leurs électeurs exigeant l'arrêt immédiat des hostilités contre ce peuple qui partageait avec nous l'amour des animaux. En fait, les émissions pour les animaux firent plus pour la cause ennemie ici que toutes celles de lord Haw-Haw, les délires de l'organe du parti de l'Esclavage, le *New Bondsman*, et tous les grommellements du front des froussards de Bloomsbury réunis.

« Si tous les animaux du monde, concluait le Lieder König, se dressaient comme un seul animal pour exiger la paix, nous aurions la paix.

— Vous écoutez le Reichsender Brême, stations de Hambourg et D x B sur la bande de trente et un mètres. Le Lieder König désire remercier tous les animaux de l'avoir écouté. Le prochain concert pour les animaux aura lieu mardi prochain à 9 h 45. »

Sophia et Fred, qui avait dîné avec elle, avaient écouté pour le bénéfice de ces évacués de retour, Milly et Abbie. Sophia avait envoyé chercher Milly, tout en sachant qu'elle avait tort, parce qu'elle ne s'en sortait pas vraiment sans elle, et aussi pour être protégée contre les parachutistes. C'était un bouledogue français, aussi intelligent que beau, et Abbie était sa fille. Le sang d'Abbie était mélangé, Milly s'étant dévergondée avec un don Juan marmelade un matin de printemps dans l'abbaye de Westminster, mais elle était très douce et Fred l'adorait. Une fois l'émission terminée, ils se quittèrent, Sophia faisant quelques pas avec eux pour que Milly puisse courir un peu après son expérience émotionnelle. À leur retour, Milly monta l'escalier au galop et se creusa un chemin sous la couette de Sophia jusqu'à ce qu'elle arrive à l'endroit où se trouvait la bouillotte et s'écroule aussitôt dans un sommeil ronflant.

Sophia suivit plus lentement. Elle avait une douleur que son excursion dans le froid n'avait pas arrangée. Quand elle arriva dans sa salle de bains, elle chercha les cachets Fèvre avant de se rappeler qu'elle avait donné la boîte à Florence, et monta à l'étage supérieur jusqu'à sa chambre. Elle frappa à la porte sans s'attendre vraiment à une réponse. N'en entendant pas, elle entra.

Elle n'avait pas vu la pièce depuis que Florence l'occupait et fut très choquée de voir combien elle avait perdu de son lustre. Bien qu'elle fût toujours jolie et pimpante, comme toutes les pièces décorées par Sophia, Florence l'avait changée d'une manière intangible par sa seule présence et elle faisait peur. La coiffeuse, charmante avec sa mousseline, ses dentelles, ses roses et ses rubans bleus, pareille à une robe de bal dans un rêve, et qui était destinée à supporter toute une collection de brosses au dos en or, de bouteilles, de pots de crème et de flacons de parfum, était nue, excepté une petite brosse et un peigne qui devaient avoir été conçus pour la crinière d'un cheval. Le tapis d'Aubusson avait son dessin de luths et de flèches, avec encore des roses et des rubans bleus, complètement obscurcis par deux valises d'apparence bon marché. Un corset et un étui de masque à gaz étaient jetés sur le séduisant dessus-de-lit, froncé de velours rose et de mousseline de soie bleue. Sophia, qui elle-même portait un porte-jarretelles en ruban, fixait le corset avec une fascination horrifiée. « Pas étonnant que Florence ait une forme si bizarre », pensa-t-elle en le saisissant, « elle ne sera jamais glamour avec un corset pareil et comment arrive-t-elle à le mettre ? » Elle le tint contre elle mais sans arriver à comprendre où allait quoi ; on aurait dit une armure médiévale. En le reposant sur le lit elle vit que l'étui à masque à gaz contenait un appareil photo Leica au lieu d'un masque à gaz et elle pensa que c'était vraiment horrible de la part de Florence de n'avoir jamais pris une seule photo de Millie avec. Le pigeon dans sa cage était posé sur une magnifique table en bois de citronnier signée Sheraton. Vu l'amour que Florence était censée lui porter, elle aurait pu lui donner une cage plus grande. La pauvre bête allait et venait misérablement en traînant les pattes. D'un doigt Sophia lui caressa les plumes à travers le grillage et se rappela une magnifique cage à oiseau Chippendale en vente sur Brompton Road. Elle l'aurait bien offerte à Florence pour Noël, mais celle-ci semblait profondément indifférente aux jolis objets. Peut-être, pensa-t-elle, l'oiseau voulait-il sortir. Elle ouvrit la cage, le prit dans ses mains, le caressa un moment et le posa à l'extérieur de la fenêtre, juste trop tard, évidemment, après qu'il eut taché sa jupe.

Une fois la fenêtre fermée et sa jupe frottée, Sophia ressentit le besoin de faire du rangement. C'était vraiment embêtant qu'Elsie, la femme de ménage, laisse la pièce dans un état pareil. Elle rangea corset et étui de masque à gaz, saisit une boîte à chapeau pour la monter au débarras, mais tandis qu'elle la soulevait le couvercle tomba, révélant qu'elle était tout à fait vide bien qu'elle fût si lourde qu'elle pouvait à peine la porter et elle abandonna son projet. Elle avait vraiment mal et il fallait qu'elle trouve les cachets. Elle ouvrit quelques tiroirs, mais ils étaient tous pleins de papiers. Puis elle se rappela qu'il y avait des étagères dans le placard qu'elle ouvrit.

Dans la partie du placard qui était destinée aux robes se tenait Heatherley Egg.

Le cri de Sophia ressembla au bruit d'un train traversant un tunnel. Puis elle se mit très en colère.

« Stupide, dit-elle, de me faire peur comme ça. De toute façon, pourquoi attendre dans le placard de Florence… elle travaille, elle n'arrête qu'à six heures. »

Heatherley se glissa dans la pièce et lui saisit le bras. « Écoutez, dit-il, il faut qu'on parle.

— Oh, ne vous inquiétez pas, dit Sophia, qui avait perdu tout intérêt maintenant qu'elle s'était remise de sa frayeur. Dieu sait que je ne suis pas prude, et la vie privée de Florence ne me concerne pas. Vivez dans son placard, si vous voulez, je m'en fiche.

— Écoutez, Sophia, vous ne vous en tirerez pas ainsi. Maintenant, asseyez-vous, il faut qu'on tire ça au clair.

— Vous n'auriez pas des cachets Fèvre par hasard ? Je lui ai prêté une boîte, et bien sûr elle ne me l'a pas rendue. Les gens ne le font jamais, non ? Ça n'a pas à proprement parler d'importance, il faut que je me mette au lit. Eh bien, bonne nuit, Heatherley. Pour le petit déjeuner ? Vous le prenez dans votre placard ou en bas ? »

Elle se dirigea vers la porte.

« Oh non ! dit Heatherley, d'une voix tout à fait menaçante, très différente de son geignement transatlantique. Vous ne m'aurez pas comme ça, Sophia.

Très malin, et j'aurais dû m'y laisser prendre, mais il se trouve que je vous ai regardée par le trou de la serrure. Ces sacs ont un double fond n'est-ce pas, il y a un appareil photo dans le masque à gaz, n'est-ce pas, et il y a des codes cousus dans le rembourrage de ce corset. Hein ?

— Vraiment, c'est tout simplement fascinant ! C'est pour ça qu'il a tant de bosses. Continuez, je vous prie !

— Vous faites une sacrée actrice, et je vous aurais crue facilement si vous n'aviez pas envoyé le pigeon avec un faux message.

— Le pauvre trésor a demandé à sortir.

— Oui, sachant à quel point vous êtes stupide, Sophia, j'aurais pu croire que tout vous était passé au-dessus de la tête, mais vous ne pouvez pas vous débarrasser du pigeon comme ça. Alors maintenant, parlez. Vous êtes au courant de toute l'affaire depuis la disparition de Greta, n'est-ce pas ?

— Quelle affaire ? Cher Heath, dites-moi. Ça a l'air merveilleux.

— Comme vous en savez déjà tant, je suppose que je ferais bien, aussi, de tout vous dire. Florence, évidemment, comme vous le savez sans aucun doute, est un agent secret qui travaille sous pseudonyme avec un faux passeport américain. Elle s'appelle en réalité Edda Eiweiss et elle est à la tête de l'espionnage allemand dans ce pays.

— Ne me dites rien ! Je suis ravie pour Florence, dit Sophia. Je n'aurais pas cru que c'était un tel cerveau.

— Florence est probablement l'agent secret le plus intelligent, astucieux et hardi qui soit au monde aujourd'hui.

— Continuez, je vous prie. Qu'est-ce que vous êtes ? Le factotum de Florence ?

— Mais pas du tout. Je fais du contre-espionnage pour le compte des Alliés, mais Florence, évidemment, croit que je fais partie de sa bande. Maintenant, ce que je veux savoir, c'est si vous êtes employée par quelqu'un ou si vous travaillez à votre propre compte ?

— Mais ni l'un ni l'autre, dit Sophia en ouvrant de grands yeux.

— Sophia, je veux une réponse à ma question, je vous prie. J'ai joué cartes sur table ; voyons les vôtres.

— Oh, à mon propre compte, bien sûr », dit Sophia. Puisque Heatherley semblait lui attribuer ces menées machiavéliques, il aurait été dommage de le décevoir.

« C'est bien ce que je pensais. Maintenant, Sophia, j'ai besoin de votre aide, je manque d'astuce féminine. Écoutez-moi bien. J'ai découvert beaucoup de choses, mais pas tout, sur le système d'espionnage allemand. Le 10 novembre, j'aurai tous les faits qui permettront au gouvernement d'arrêter d'un coup tous les espions qui opèrent en ce moment dans le pays. Ce jour-là, nous attraperons la bande, Florence et ses associés, mais pas avant. Voulez-vous vous joindre à moi, Sophia ? » Il lui serra les épaules et la fixa au visage de ses yeux bleu ciel. « Avant de répondre, laissez-moi vous dire qu'il s'agit d'un travail difficile et dangereux. Vous risquez la mort, et pire, mais la récompense, pour une âme patriotique, est grande.

— Et comment, bien sûr que je vous aiderai. » Sophia était ravie. Elle, et pas Olga, se retrouvait maintenant plongée jusqu'au cou dans un vrai roman d'espionnage.

« Comprenez bien, vous devez prendre tous vos ordres de moi. Un seul faux pas peut anéantir le travail de plusieurs mois.

— Oui, oui.

— Et ne jamais agir de votre propre initiative ?

— Non, non.

— Sophia, vous êtes une femme courageuse et une merveilleuse petite patriote. Topez là. » Ils topèrent. « Je peux vous poser une question ?

— Allez-y.

— Eh bien, qu'est-ce qui est arrivé à Greta pour finir ?

— Qu'est-ce qu'elle vous a dit ? demanda Heatherley avec un regard inquisiteur.

— Je ne comprends pas.

— Qu'est-ce qu'elle a dit quand vous l'avez vue au poste sur cette civière ?

— Eh bien, mais elle ne pouvait pas parler. Elle avait une sorte de pansement sur la langue, vous voyez.

— Sophia (la voix d'Heatherley prit de nouveau cet horrible ton grinçant), vous avez promis d'être parfaitement franche avec moi. Allez, dites-moi, qu'est-ce qu'elle faisait avec ses yeux ?

— Oh, ses yeux. Oui, elle devait avoir une grosse poussière dans l'un des deux, j'imagine. Elle clignait comme une folle. J'avais complètement oublié.

— Elle vous adressait un message en morse. Quel était le message, Sophia ? Pas d'entourloupe…

— Mon cher Heatherley, comment pourrais-je le savoir ?

— Vous ignorez le morse ? »

Sophia comprit qu'elle aurait pu tout aussi bien avouer à un ambassadeur de la vieille école qu'elle ne connaissait pas le français. Elle décida que comme elle avait une folle envie de faire du contre-espionnage avec Heatherley et qu'elle pouvait très rapidement apprendre le morse (elle savait que ces Jeannettes à l'air idiot y parvenaient) il n'y aurait pas de mal à mentir un peu.

« Je suis imbattable aux signaux à bras, dit-elle d'un ton léger. Mais je dois avouer qu'il faut que je révise un peu mon morse. Je courais répondre au téléphone quand je vous ai croisé dans ce passage obscur et je n'ai pas eu du tout le temps de voir ce que Greta clignait. Elle était tellement ennuyeuse de toute façon, je n'ai jamais pu la supporter. Alors qu'est-ce qui lui est arrivé après ça ? »

Heatherley fit la moue. « Je crains, ma chère Sophia, que ce ne soit pas très agréable, dit-il. Vous devez vous rappeler que mon boulot est le contre-espionnage, qu'il faut que je réprime fermement mes sentiments et que, très souvent, je suis obligé de faire des choses qui me sont odieuses.

— Comme dans les livres de Somerset Maugham ?

— Exactement… je suis content que vous compreniez mon point de vue. Eh bien, il semble que Florence n'était pas trop sûre de Greta, qui bien sûr faisait partie de sa troupe, et craignait particulièrement qu'elle ne soit déférée devant le tribunal pour étrangers, car elle aurait probablement commis des erreurs qui les auraient tous perdus, Florence et tous les autres. En plus, ses papiers n'étaient pas parfaits. Donc, sur l'ordre de Florence, bien sûr, Winthrop et moi l'avons emportée sur la civière, l'avons bâillonnée et attachée et l'avons jetée dans le collecteur principal qui passe, comme vous ne le savez peut-être pas, sous le poste de secours. »

Sophia hurla de nouveau. Heatherley poursuivit. « Oui, ma chère Sophia, le contre-espionnage est une profession dangereuse et désagréable. J'aimerais que vous vous en souveniez et agissiez toujours avec la plus grande prudence. Il est absolument nécessaire que vous ayez confiance en moi et fassiez exactement ce que je vous dis en toute occasion. Nous sommes dans le même bain maintenant, ne l'oubliez pas, vous et moi. »

Sophia n'avait pas très envie d'être dans quoi que ce soit avec Heatherley et elle espéra que tout cela ne la mènerait pas à finir au lit avec lui. Elle se rappelait vaguement que de telles choses faisaient partie du travail quotidien des belles espionnes. D'autre part elle pensait que, si nécessaire, elle endurerait même pire que la mort afin d'être mêlée à ce passionnant drame d'espionnage. L'horrible fin de la pauvre Greta était la preuve que tout cela n'était pas du flan. Incroyable. Le collecteur principal. Sophia frissonna. Pas étonnant que Miss Edwards ait vu des choses bizarres se passer sous leurs pieds.

« Maintenant, Sophia, j'espère que vous êtes consciente, dit Heatherley, que quoi qu'il arrive vous ne devez parler de tout ça à personne. Vous et moi sommes surveillés jour et nuit par des yeux invisibles. Ce sont de mauvaises choses que nous combattons… oui, mauvaises, et très intelligentes. Le téléphone de cette maison et du poste est placé sous écoute par les hommes de Florence. Nos lettres sont lues et nos mouvements, suivis. Nous nous en sommes peut-être sortis avec cette conversation simplement en osant la tenir ici, au cœur du pays ennemi, mais peut-être pas. Quand vous quitterez cette pièce, il est possible que des hommes masqués bondissent sur nous et nous emportent sur des civières, vers le destin qu'a subi qui vous savez. Bien sûr, si vous parliez de tout cela aux autorités, la bande l'apprendrait et se disperserait comme la brume au soleil… au mieux mon travail de plusieurs mois serait anéanti, au pire vous et moi subirions la peine suprême. Je peux vous dire que le ministère de la Guerre et Scotland Yard nous surveillent à leur manière, et que j'ai des moyens de communication secrets avec eux. Le 10 novembre, ainsi que je vous l'ai dit, j'aurai toutes les preuves qu'il me faut et ils pourront tous être cueillis. Entre-temps, vous et moi, Sophia, devons faire équipe. Maintenant vous devez retourner dans votre chambre, cette conversation a déjà duré trop longtemps. Je ne pourrai pas vous parler ainsi avant que tout ne soit fini, donc SOUVENEZ-VOUS. »

Heatherley retourna dans son placard et Sophia, hautement transportée et ayant tout à fait oublié sa douleur, fila et se laissa glisser sur la rampe jusqu'à son étage. Ils s'étaient évidemment très bien sortis de cette conversation, de sorte qu'aucun homme masqué ne bondit sur elle et qu'elle fut bientôt au lit, délogeant Milly sans ménagement de la parcelle de chaleur qu'elle voulait pour ses pieds.

10

Quand Sophia se réveilla, le lendemain, elle ressentit la même chose que le matin de Noël ou le jour de la Pantomime. Elle était pleine de gaieté et d'impatience. Au début, et il en était ainsi également quand elle était petite, elle ne se rappela même pas de quoi il s'agissait, elle savait simplement que quelque chose de particulièrement excitant devait arriver.

Elsie, la bonne, posa devant elle le plateau du petit déjeuner, sur lequel se trouvaient café, toasts, beurre et un bel œuf brun à la coque, à côté d'un tas de lettres et du *Times*. Sophia était suffisamment réveillée pour se souvenir qu'elle était maintenant une splendide espionne. Elle enfila une liseuse en molleton, s'assit comme il faut et gronda Milly qui refusait de descendre au rez-de-chaussée.

« Tirez-la », dit-elle à Elsie. Elsie tira, et elles quittèrent la chambre d'un lent mouvement traînant, accompagnées par la descente de lit.

Les lettres semblaient ennuyeuses. Sophia commença par son œuf et l'attaquait avec vigueur quand elle vit que quelque chose y était écrit au crayon. Pas trop cuit, pensa-t-elle. Pas du tout. Les lettres étaient extrêmement passées, mais elle put déchiffrer le mot CORRESPONDANCE suivi du chiffre 22.

Sophia était maintenant à l'agonie, car cela devait, évidemment, être un code. Elle savait que les espions et les contre-espions utilisaient les moyens les plus bizarres pour communiquer, comme cligner en morse et ainsi de suite. Écrire sur les œufs serait pour eux la simple routine. Elle abandonna le délicieux œuf, si bien cuit, et fit des yeux le tour du plafond rose agrémenté de nuages bleus de sa chambre tout en essayant le mot CORRESPONDANCE à l'envers et à l'endroit et de bas en haut. Elle fit des anagrammes avec les lettres. Elle regarda l'œuf en miroir dans son montant de lit, mais tout cela en vain. Il faudrait qu'elle contacte immédiatement le Chef, mais comment faire ? Impossible d'envoyer Elsie au second avec instruction de voir si Mr Egg était toujours dans le placard de Miss Turnbull, et dans ce cas lui présenter les compliments de lady Sophia et l'inviter à descendre. Quoi qu'il en soit, il était peu probable qu'il fût demeuré toute la nuit dans le placard, et le lit de Florence, étroit et à une place, ne pouvait accueillir que des amants passionnés avec un confort minimal. Cela, quelque chose le lui disait, Florence et Heatherley ne l'étaient pas.

Elsie revint accompagnée de Milly qui plongea de nouveau sous la couette et, avec un ronflement perçant, se replongea dans le sommeil.

« Est-ce qu'elle a fait quelque chose ?

— Oui, m'lady.

— Bonne fille. Voulez-vous avoir l'extrême bonté, dit Sophia, d'aller demander à Miss Turnbull si elle voudrait bien me donner le numéro de téléphone de Mr Egg. Dites-lui qu'il me manque un homme pour ce soir. »

Florence, qui n'était revenue qu'à six heures, fut mécontente d'être réveillée. D'après Elsie, elle dit que Mr Egg était allé à Lympne pour la journée et demanda si milady se rappelait qu'il devait y avoir une réunion de la Confrérie à huit heures ce soir.

Sophia comprit qu'elle avait été plutôt idiote. Bien sûr, elle aurait dû comprendre que, si Heth avait pu la voir il n'aurait pas eu besoin d'écrire sur un œuf. Puis tout s'éclaira.

« Lui, Egg, correspondra avec moi à dix heures. » Sophia retourna à son petit déjeuner, jouissant à la fois de la qualité de celui-ci et de sa propre intelligence.

Elle ouvrit le *Times* et lut la critique de l'émission pour les animaux dont son auteur jugeait qu'elle était tombée à plat. « Mais pas pour Milly en tout cas. » Puis, sans regarder les nouvelles de la guerre, qu'elle supposait ennuyeuses, elle revint à la première page et lut, comme elle faisait toujours, les petites annonces. Elle en trouvait généralement une ou deux qui la rendaient heureuse et, aujourd'hui, il y en avait une dans la rubrique correspondance qui était particulièrement agréable. « Pauvre vieux monsieur souffrant d'une grave maladie voudrait correspondre avec jolie jeune dame. Boîte 22 *The Times*. »

Une fois qu'elle eut fini de rire, Sophia devint très rêveuse. Elle appelait toujours sir Ivor le pauvre vieux monsieur et il l'appelait la jolie jeune dame. Si seulement il n'était pas un horrible vieux traître à Berlin elle aurait découpé la petite annonce pour la lui envoyer. « Je n'aurais jamais cru qu'il me manquerait à ce point, mais le fait est qu'il y a certaines plaisanteries que je ne peux partager qu'avec lui. C'est bizarre, ça aussi, pensa-t-elle, souffrant d'une grave maladie, tout comme lui. Le national-socialisme. » Elle découpa la petite annonce qu'elle mit dans son coffret à bijoux, décidant que si jamais elle avait la possibilité de le faire, par des intermédiaires neutres, elle l'enverrait à sir Ivor dans l'espoir de le rabaisser. Son sang bouillait tandis qu'elle repensait à sa traîtrise et au programme de chansons de camp qui était exactement similaire à celui du récital qu'il avait donné devant le chef scout quelques mois auparavant.

C'était si étrange et si horrible, que quelqu'un qui avait eu le meilleur de ce que peut donner l'Angleterre se retourne ainsi contre elle. Sir Ivor avait reçu toutes les sortes de reconnaissance, publique et privée, de ses grands dons, de toutes les parties de l'Empire britannique. S'il avait été l'un de ces génies qui se consument dans les greniers, ç'aurait été beaucoup plus compréhensible. Sophia sortit du lit et, tandis que son bain coulait, elle fit quelques exercices afin d'être prête pour les dangers et les efforts du contre-espionnage.

Sur le chemin de Ste Anne, Sophia acheta un manuel de morse qu'elle avait bien l'intention d'apprendre le jour même. Mais en arrivant elle découvrit, à son grand dégoût, que, comme on était un jeudi, il y avait un grand tas de linge propre à compter.

Elle supposait qu'elle avait un cerveau assez comparable à celui d'une mère oiseau qui, d'après les naturalistes, ne sait pas compter au-delà de trois. Compter le linge était sa pire épreuve. Il y aurait entre vingt et trente blouses à vérifier et ranger dans les casiers du « vestiaire », qui était un mur de sacs de sables grossièrement étiqueté « Femmes ». Avec un effort de concentration Sophia parvenait péniblement à douze ou treize quand le téléphone sonnait, que quelqu'un venait lui poser une question ou que son esprit s'égarait dans une nouvelle direction. Alors elle recommençait depuis le début.

Généralement il lui fallait une demi-heure pour vérifier deux fois le compte qui même alors n'était pas assuré d'être correct. Aujourd'hui elle trouva d'un côté vingt-cinq et de l'autre vingt-huit, donc elle pensa que l'estimation la plus optimiste était la bonne et elle rangea les blouses dans leurs casiers. Elle avait une folle envie de parler de Greta et du collecteur principal à sœur Wordsworth, mais évidemment cela n'était pas possible. Cependant elle demanda à Mr Stone s'il était vrai que le collecteur principal passait sous le poste de secours et si elle pouvait le voir, à quoi il répondit que oui et qu'elle pouvait, mais qu'à son avis cela ne serait pas très agréable. « Les rats », dit-il. Sophia pensa à Greta et frissonna. « En fait, poursuivit-il, il y a des gars qui y descendent ce soir jeter un coup d'œil. J'imagine que vous pourriez y aller avec eux si vous le voulez. »

Sophia demanda à quelle heure, et quand on lui répondit dix heures et demie, elle déclina la proposition. Il faudrait plus que le collecteur principal pour la ramener à Ste Anne une fois son travail terminé.

Elle passa le restant de la journée à apprendre le morse, en partie parce qu'elle voulait être une contre-espionne bien équipée et en partie (et c'était cela qui l'incitait à un effort colossal) pour pouvoir cligner de l'œil à Olga lors de leur prochaine rencontre. Il y avait une photo d'elle dans le *Tatler* de cette semaine où elle portait une crinoline en velours noir avec une croix en perle et jouait avec une guitare, sous laquelle était écrit : « Cette beauté de la haute société n'a pas besoin d'un uniforme pour son important travail de guerre. »

Ce souvenir la fit redoubler d'efforts pour apprendre les points et les traits. Mais elle trouva que c'était loin d'être facile, et même plus difficile que de compter les blouses, bien qu'évidemment la récompense fût plus importante. Elle cligna comme une folle face à son miroir à main jusqu'à l'heure de la sortie, alors qu'elle connaissait les lettres A, B et C parfaitement, E et F quand elle réfléchissait très fort. Ce soir-là elle eut la chance d'étaler sa nouvelle science. Elle avait été libérée plus tôt que d'habitude car sœur Wordsworth voulait sortir. Elle était sur le chemin de chez elle quand elle se rappela que sa maison serait pleine de Frères. Donc elle fit un saut au Ritz. La première personne qu'elle y vit était Rudolph, et assise à côté de lui se trouvait une masse houleuse de vison qui ne pouvait que cacher la magnifique personne slave de la Gogothska elle-même, dans l'uniforme, pour ainsi dire, de son important travail de guerre.

« Bonjour, ma chérie, dit Rudolph, lui avançant un siège. Tu es sortie très tôt. Je dîne avec toi ce soir, même si tu ne le sais pas. Elsie a dit que je pouvais et elle en parle à ta cuisinière.

— Bien », dit Sophia, sans beaucoup écouter. Ses yeux étaient fixés sur Olga et elle opérait avec concentration.

« Pourquoi est-ce que tu me fais ces grimaces ? lui demanda Olga d'un ton irrité.

— Mon Dieu, dit Sophia, comme c'est décevant. C'est seulement un pari que j'ai fait avec Fred. Je lui ai parié six pence que tu étais dans les services secrets, il était sûr du contraire et je lui ai dit que je pouvais le prouver. Je l'ai prouvé et j'ai perdu six pence, c'est tout.

— Que veux-tu dire ?

— Eh bien, ma chérie, j'étais juste en train de te dire, en morse, d'aller au vestiaire des femmes et est-ce que tu y vas ? Non. As-tu trouvé une excuse pour ne pas le faire ? Non. Donc, comme à l'évidence tu ignores le morse qui est une condition *sine qua non* pour un agent secret, tu ne peux pas être cette magnifique espionne que nous espérions tous que tu sois. » En fait, évidemment, Sophia n'avait cligné, et avec les plus grandes difficultés, que A, B et C.

Olga dit : « Quelle sottise. On n'utilise pas le morse dans cette guerre. C'est complètement dépassé. Pourquoi, quelle utilité ? » Et elle laissa tomber ses paupières avec un mépris théâtral.

« Eh bien, en fait, ma chère, il pourrait se montrer très utile dans certaines circonstances. Supposons qu'on soit bâillonné, par exemple, il serait possible de cligner des messages aux spectateurs qui, s'ils comprenaient le morse, vous sauveraient la vie.

— Bâillonné, dit Olga en haussant les épaules. Bâillonné, voyez-vous ça. Des spectateurs ! Chérie, tu as lu Valentine Williams je suppose. Laisse-moi te dire que la vie dans les vrais services secrets est très différente de ce que le public, comme toi, imagine. Bâillonné ! Non, vraiment, il faut que je raconte ça au Chef.

— Fais-le, dit Sophia. Il va hurler de rire, sans doute. Naturellement, je n'en sais pas bien long sur ce chapitre. Eh bien, alors, que dois-je faire des six pence ?

— Je te le dirai quand la guerre sera finie. Est-ce que tu travailles très dur dans ton petit poste de secours ? La pauvre Olga croule sous le travail. Figurez-vous qu'hier je suis restée debout jusqu'à six heures… même le Chef avec sa santé de fer était à moitié mort. J'ai été obligée de lui servir continuellement des tasses de café noir, et même comme ça il s'est endormi deux fois. Évidemment la responsabilité est épuisante, épuisante pour le Chef… Si les choses tournaient mal, on n'ose pas y penser, qu'arriverait-il ? Mais ma connaissance du russe nous est d'un grand secours. »

Olga avait appris le russe quand elle courtisait Serge, ce qui ne changeait pas grand-chose pour lui, étant donné qu'il n'en connaissait pas un mot. Mais comme elle avait pris le nom d'Olga, brisé son accent anglais et, en d'autres manières, s'était identifiée au grand pays des ancêtres de Serge, elle aimait assez chanter une chanson des steppes dans sa langue originale. Elle trouvait que cela mettait une touche finale à son personnage de Slave fantasque.

« Je me demande pourquoi on ne t'envoie pas en Russie. On m'a dit qu'ils avaient du mal à obtenir des informations fiables.

— Chérie, ce serait la mort certaine.

— Oh oui, j'oubliais. On te livrerait aux petits-enfants des paysans du grand-père de Serge, n'est-ce pas ? Très désagréable. Mais tu ne pourrais pas y aller déguisée en membre du prolétariat, sans bas de soie et avec des vêtements grossiers ? Je pourrais te donner des tas de tuyaux. Tu partages une pièce avec environ sept autres personnes et leurs bouledogues s'ils en ont, et tu n'as aucun plaisir d'aucune sorte. Je pense vraiment que, parlant le russe comme tu le fais, tu devrais te porter volontaire.

— Beaucoup, beaucoup trop dangereux. Le Chef ne me le permettrait jamais. Il se peut évidemment que je doive aller à l'étranger… en Égypte, au Turkestan ou au Waziristan peut-être, mais la Russie c'est totalement hors de question.

— Je trouve cela très lâche de ta part, dit Sophia, ton pays doit passer avant tout. Eh bien, au revoir, il faut que j'y aille », et elle cligna de manière plutôt imprécise A, B et C. « Je suis sûre que le Chef te donnerait de l'avancement si tu connaissais un peu de morse », dit-elle avant de se lever pour partir, suivie de Rudolph qui laissa Olga payer sans aucune vergogne.

« Imagine comme elle doit être riche avec tout cet espionnage, dit-il d'un air ravi, et il embrassa beaucoup Sophia dans le taxi. Chérie, c'est divin de te voir. J'ai une permission de quinze jours.

— Qu'est-ce que tu faisais avec Baby Bagg ?

— Je venais de la rencontrer au Ritz.

— Après lui avoir téléphoné d'y aller, je suppose.

— Eh bien, chérie, en fait, le travail d'Olga m'intrigue un peu. J'éprouve le vague sentiment qu'il y a plus qu'il n'y paraît dans cette petite femme, et je dois dire qu'elle est remarquablement cachottière. Si tu étais une ravissante espionne, mon chou d'amour à moi, nous saurions tout en deux jours. Pour commencer, tu ne pourrais jamais t'empêcher de raconter des histoires drôles sur ton chef. Mais Olga est muette comme une carpe. Il faut que je fasse une nouvelle tentative avec elle avant la fin de ma permission. »

Sophia était très agacée par l'injustice de tout cela. Avait-elle raconté une seule histoire drôle à propos de son chef ? N'avait-elle pas été contre-espionne toute une journée sans en souffler mot à quiconque ? Évidemment elle avait été sur le point de mettre Rudolph dans la confidence. Mais maintenant elle ne le ferait pour rien au monde. Elle lui ferait payer son horrible attitude envers elle. Parce qu'il fallait lui faire passer cette nouvelle prédilection pour Olga qui devenait barbante.

« Oui, vas-y, dit-elle, fais une nouvelle tentative avec elle. Fais-la maintenant, pourquoi pas… beaucoup plus pratique pour moi, en fait, parce que je veux dîner avec Heatherley.

— Heatherley ? Tu veux dire Egg ? Tu veux dire cette horrible brute de rouquin qui nous a dit ce qu'avait déclaré le président ? Sophia chérie… de plus, tu dînes avec moi, tu l'as dit. Ça fait des semaines que je ne t'ai pas vue.

— Chéri, je suis terriblement désolée, mais je n'ai pas vu Heth de toute la journée et il y a des masses de choses dont je dois parler avec lui. »

Rudolph ne dit rien de plus. Il arrêta le taxi, sortit, dit au chauffeur de se rendre à Granby Gate, héla un autre taxi qui allait dans la direction opposée, sauta dedans et disparut.

Sophia était plutôt embêtée. Elle avait été contente de voir Rudolph et excitée à l'idée de passer une soirée avec lui, plus contente et plus excitée même qu'elle ne l'était généralement quand elle avait été séparée de lui quelque temps, mais il fallait lui donner une leçon. C'était déjà assez méchant de sa part de ne pas l'avoir avertie qu'il avait une permission et de la laisser le découvrir au Ritz en compagnie d'Olga. Mais il était tout à fait intolérable qu'il la compare de manière péjorative à cette pseudo-Moscovite. Les femmes sont divisées en deux catégories : celles qui sont capables de contrôler l'homme dont elles sont amoureuses et celles qui ne le sont pas. Sophia était de celles qui le sont.

En arrivant à la maison, elle découvrit que la Confrérie était en pleine nouba. Frères et Sœurs se déversaient de toutes les pièces de réception et les toilettes du bas étaient occupées sans interruption. Une grande photo de Frère Bones était posée sur le piano du salon avec un bouquet de lys devant car c'était son anniversaire. Sophia se dépêcha de prendre l'ascenseur et au dernier étage Elsie lui donna la clé de sa chambre qu'elle avait instruction de fermer en ces occasions par peur des intrus en quête de tranquillité. Sophia prit un bain très chaud et se changea. Puis elle se mit à la recherche de Heth. Ce fut une assez longue recherche qui finit dans la cave à charbon, où il était en grande conversation avec une des jeunes femmes au cheveu fin. Étant membres de la Confrérie, ils ne furent évidemment pas du tout gênés d'être découverts dans des circonstances si bizarres ; ils se contentèrent de montrer leurs gencives.

Sophia fit signe à Heatherley de s'approcher et lui murmura à l'oreille : « Il y aura un dîner pour deux dans mon petit boudoir dans environ une demi-heure. J'espère que vous viendrez me rejoindre. »

Heatherley accepta aussitôt. Il y avait toujours, pour ces réunions, un grand buffet fraternel dans la salle à manger dont la nourriture, toujours commandée par Florence, était froide, du genre fourchette, sans alcool et très ennuyeuse. Sophia avait une excellente cuisinière et un assez bon goût elle-même, et le vin de Luke n'était pas à dédaigner.

Pile à l'heure convenue, Heatherley essaya d'ouvrir la porte du petit boudoir. Elle était fermée. Sophia connaissait bien les Frères maintenant. Ils entraient et, en l'assurant avec un grand sourire qu'elle ne les dérangeait pas, entamaient une lutte avec leurs âmes. Elle avait dit à Florence que les réunions ne pourraient se tenir à Granby Gate qu'à la condition que les Frères n'utilisent pas l'ascenseur et ne soient pas inspirés à forcer les portes qu'ils pourraient trouver fermées à clé.

Heatherley s'annonça, sur quoi Sophia le fit entrer. Le dîner attendait sur une plaque chauffante, et ils se servirent. Sophia trouvait qu'il ressemblait à Uriah Heap, et aurait aimé avoir un contre-espion plus séduisant avec qui travailler, quelqu'un, disons, comme le jeune Allemand impitoyable des *Trente-Neuf Marches*. Il était impossible de trouver beaucoup de plaisir à la compagnie de Heth. Quelle chance qu'elle aimât son travail pour lui-même (et pas pour Olga).

Avec un sourire engageant elle lui donna de la soupe.

« Que signifiait "correspondance 22" ? demanda-t-elle.

— Je ne vois pas de quoi vous parlez.

— Le mot ou les lettres, ou le code, ou je ne sais quoi que vous avez écrit sur mon œuf, bien sûr. J'ai mis des siècles à le décoder, et je ne suis pas sûre d'avoir la bonne solution.

— Sur votre œuf ? » Heatherley posa sa cuillère à soupe et eut l'air complètement ébahi.

« Oui, oui. Réfléchissez. Bien sûr que ça devait être vous. Ce matin j'ai pris un œuf à la coque au petit déjeuner et, écrit sur la coque, au crayon, il y avait "correspondance 22".

— Sophia, pourquoi écrirais-je sur votre œuf quand je pourrais vous appeler, venir vous voir ou vous laisser un mot ici ? »

Pourquoi effectivement ? Sophia comprit qu'elle avait été stupide.

« Eh bien, vous m'avez dit d'être terriblement prudente, que nos lettres seraient ouvertes et notre téléphone, placé sur écoute…

— Si notre téléphone peut être placé sur écoute, votre œuf peut l'être aussi. Non, Sophia, il faut être très très prudent, mais écrire sur un œuf n'a pas de sens, pas de sens du tout, quand nous pouvons nous rencontrer autant que nous voulons au poste et dans cette maison.

— Quoi qu'il en soit, qu'est-ce qu'on fait maintenant ? Je veux commencer à travailler, dit Sophia pour passer à un sujet moins douloureux.

— J'y venais. » Heatherley se tut et sembla la jauger. « Comment vont vos nerfs ? demanda-t-il. Bien ? Parfait. J'ai un travail très délicat que je désire vous confier, délicat, et peut-être dangereux. Vous êtes partante ?

— Oh, oui, Heatherley, je pense.

— OK, eh bien, maintenant, une fois que vous aurez terminé de dîner, je veux que vous retourniez au poste. »

Sophia n'était pas contente. Elle avait passé huit heures au poste aujourd'hui et était partie, comme toujours, avec un sentiment de gratitude et de soulagement immenses. L'idée d'y retourner après le dîner ne lui plaisait pas du tout.

Heatherley poursuivit : « Il faut que vous fassiez une liste de toutes les infirmières de nuit. Puis je veux une copie de chacun des mots écrits sur le panneau d'affichage. Cela fait, allez au cinéma Regal et épinglez une enveloppe contenant la copie sur le second fauteuil d'orchestre du troisième rang du côté gauche de l'allée centrale. Vous pourrez me donner la liste des infirmières demain, c'est moins important. Un dernier mot d'instruction… en aucun cas ne prenez un taxi, cela pourrait être fatal. Vous ne risquerez rien en marchant.

— Eh bien, vraiment, dit Sophia, c'est beaucoup plus idiot que d'écrire sur des œufs. Pourquoi celui qui va se rendre au second fauteuil d'orchestre du troisième rang ne peut-il pas entrer au poste pour y voir de lui-même ce qui est écrit sur le panneau d'affichage ?

— Sophia. » Heatherley lui adressa un regard de poisson qui, un instant, jusqu'à ce qu'elle se rappelle que ce n'était que ce vieux Heth, lui glaça le cœur. « Allez-vous ou non m'aider à détruire un nid de dangereux espions ? Laissez-moi vous dire que Florence communique avec le reste de la bande par l'entremise de ce panneau d'affichage. Mon ami ne peut pas aller lui-même au poste, ce serait mettre sa vie en danger que de s'en approcher. Si je devais être vu en communication avec lui, moi aussi je serais en danger, mais il est d'une importance vitale qu'il sache ce qu'il y a sur le panneau d'affichage ce soir. Je ne peux pas quitter la réunion de la Confrérie sans éveiller les soupçons de Florence, mais j'ai pensé que j'avais trouvé un moyen d'arranger les choses. Je croyais que vous iriez pour moi.

— Très bien, Heth, j'irai. Je voulais juste dire que ça avait l'air plutôt idiot, mais je vois maintenant qu'il faut que ce soit fait. Prenez de la tarte aux pommes. »

11

Même si Sophia se jugeait une espionne zélée et enthousiaste, elle n'avait pas vraiment le tempérament adapté à ce métier. Par exemple, il n'était pas dans sa nature d'apprécier d'être envoyée dehors par une soirée froide et brumeuse, après avoir pris son bain et s'être changée, afin de faire un travail apparemment inutile pour quelqu'un qui pouvait parfaitement le faire lui-même. À l'évidence, si Heatherley pouvait rester enfermé une éternité dans une cave à charbon, s'il pouvait dîner plus d'une heure derrière une porte close, il pouvait aisément s'échapper de la maison sans que Florence ni quiconque ne remarquât son absence, pour faire son travail barbant. Donc elle décida qu'elle se débrouillerait d'une manière ou d'une autre pour ne pas y aller, mais évidemment sans déplaire à son Chef, car elle n'avait pas la moindre intention d'être exclue des délices du contre-espionnage, ce qui pourrait arriver si elle se faisait pincer à ne pas obéir aux ordres. Sophia était très bonne pour ne pas faire les choses qu'elle n'aimait pas, et bientôt son plan fut prêt. Elle se rappela qu'exaspérée par sa longue lutte inégale avec les blouses, elle avait, ce soir même, écrit un mot pour dire que les infirmières qui voulaient que leurs blouses soient triées quand elles revenaient du lavage devaient écrire leur nom de manière claire à la fois sur les blouses et sur leurs casiers pour que Sophia sache où les mettre. Quand elle l'avait épinglé au tableau il n'y avait pas d'autre note, ce qui lui avait fait particulièrement plaisir puisqu'on prêterait ainsi plus d'attention à la sienne. Un mot écrit par Sophia ne pouvait, par le fait même, contenir les instructions secrètes de Florence à son corps d'espions. Donc Sophia décida qu'elle expliquerait à Heatherley qu'il n'y avait rien eu sur le tableau d'affichage, impossible de faire une copie de rien, donc elle n'était pas allée plus loin. Cela réglait le problème du tableau d'affichage. Quant à la liste des infirmières de nuit, elle pourrait la trouver demain matin dans le registre de sœur Wordsworth. Et afin de s'assurer de n'être pas suivie par Heatherley avant d'arriver au poste, elle décida de partir immédiatement après le petit déjeuner se faire coiffer chez Phyllis Earle.

Dès qu'elle eut pris ces confortables décisions, et avec la perspective d'une délicieuse soirée avec *Caroline of England* dans son lit bien chaud, elle se fit extrêmement agréable, en fait presque flirteuse, envers Heatherley jusqu'à la fin du repas. Une fois celui-ci terminé, et après que Heth eut savouré un cognac et un colossal cigare (contrairement à Florence, il ne méprisait pas les plaisirs de la chair, après tout), elle monta à l'étage supérieur avec la plus grande gaieté du monde, enfila son manteau de fourrure avec son joli capuchon doublé d'écarlate avant d'être escortée jusqu'à la porte par un Heth tout à fait inhabituellement cordial, à travers quelques Frères qui avaient terminé de manger.

« Je crains qu'il ne fasse assez brumeux, dit-il, fixant de ses yeux pâles un épais rideau de brouillard.

— Tant mieux. J'ai moins de chance d'être suivie, dit Sophia.

— Et froid.

— Chuut. Pensez à notre cause, cher Heatherley.

— Vous avez compris qu'en aucun cas vous ne devez prendre un taxi », lui rappela-t-il. Un espion plus compétent, pensa-t-elle, aurait vu qu'il lui était impossible de faire plus de deux pas avec ses sandales en velours à talon haut. De toute façon, pour qui la prenait-il, pour l'amour du Ciel, une championne de marche à pied ?

« Pas de taxi, non, bien sûr. » Elle s'engagea gaiement dans le brouillard.

« Sophia, vous êtes merveilleuse.

— Non ! Non ! Au revoir ! Au revoir ! »

Heatherley ferma la porte. Sophia attendit un moment avant de descendre les marches de la cour, d'entrer par la porte de service et d'enlever ses chaussures. Les domestiques étaient à l'office avec la radio à fond, l'escalier de service était tout noir et Sophia, munie de sa lampe électrique, monta à pas de loup en espérant qu'elle ne tomberait pas sur Heatherley et sa petite amie. Mais ils ne pouvaient pas avoir eu le temps de rechercher la solitude, pensa-t-elle. Au premier une porte menait de l'escalier de service à la salle de bal, pièce qui était utilisée environ deux fois par an pour les réceptions et, sinon, gardée fermée, les meubles recouverts de draps. Elle fut un peu surprise de remarquer, à travers les fentes de la porte, qu'il y avait de la lumière. Étonnant comme les amoureux de la solitude arrivent à se faufiler partout. Elle s'avança à pas feutrés jusqu'à la porte pour regarder par la serrure. Ce qu'elle vit la changea en pierre.

En groupe près de la porte se tenaient Florence, Heatherley, Winthrop, un micro, et sir Ivor King, le Lieder König.

« Je suppose, disait Heatherley, qu'elle sera partie pour au moins une heure, dans ce brouillard. Cinq minutes pour aller au poste, dix minutes pour copier les avis, trois quarts d'heure pour aller au Regal et revenir. Et c'est une estimation très basse, pourrais-je ajouter, car le brouillard est épais, et je n'ai pas compté qu'elle peut s'arrêter pour parler à des gens au poste. Donc vous voyez qu'il n'y a pas de danger et nous avons amplement le temps pour tout. Si par hasard les domestiques nous entendent, ils croiront que nous avons mis la radio et qu'on entend mieux le vieil Ivor que d'habitude. Mais ils seront sûrement en train de l'écouter en bas. »

Florence semblait contrariée. « Je continue à penser qu'il était parfaitement stupide de ta part de lui dire quoi que ce soit.

— Écoute, nous en avons déjà parlé, non ? Elle savait déjà tout et il fallait choisir de lui faire croire que je la mettais dans le coup ou l'emmener faire un tour. Dans ce cas, la police aurait rôdé autour de la maison et du poste de secours et nous aurions été dans la panade. Autre chose, comment l'aurais-je éloignée ce soir si je ne l'avais pas mise dans la confidence, ou une partie… bref, elle me mange dans la main et fera tout ce que je lui dirai.

— Oui, ce n'est pas entièrement faux, fit Florence à contrecœur.

— Je vais vous dire, poursuivit Heth, je serai content quand tout cela sera fini et qu'on pourra mettre les voiles. L'inspection du collecteur ce soir ne me dit rien qui vaille. Ça peut signifier qu'ils flairent quelque chose ou ce n'est peut-être qu'une affaire de routine. De toute façon, ça ne me plaît pas.

— Dans une minute il sera le quart », dit Winthrop. Il prit position devant le micro en regardant sa montre. Les autres se turent. « Ici l'Allemagne, ici l'Allemagne, dit Winthrop avec un léger accent allemand d'une voix tout à fait différente que d'habitude. Le Lieder

König va vous proposer une des émissions inimitables de Propagande par la Chanson, tant appréciées des amateurs de chansons ainsi que des amateurs de propagande dans le monde entier. Le Lieder König. »

Sir Ivor s'avança avec élégance devant le microphone. Sophia vit que, sans doute par déférence pour le goût de ses employeurs, il portait une perruque aryenne d'une brillance métallique. Chaque boucle était pareille à un petit ressort doré. Il commença par chanter *Kathleen Mavourneen the Grey Dawn is breaking* avant de donner un bref bulletin d'informations au cours duquel il décrivit exactement le dessin humoristique de Low paru ce soir et rappela également à ses auditeurs que sir Kingsley Wood devait visiter trois aérodromes dans le Yorkshire le lendemain.

Puis Winthrop parla : « Le Lieder König pense que vous aimeriez connaître certains faits qui sont venus récemment à notre connaissance. Dans votre magnifique et libre Empire britannique, au Kenya, pour être exact, se trouvent deux fermiers allemands honnêtes, économes et travailleurs, Herr Bad et Herr Wangel. Ces braves hommes ont été arrachés à leur foyer simplement parce qu'ils sont allemands et jetés dans la prison locale. C'est une hutte misérable, les lits sont insupportablement durs et le chauffage central ne fonctionne quasiment pas. Les prisonniers n'ont droit à un bain que deux fois par semaine. Mais le pire scandale, c'est la nourriture qui est proposée à ces Allemands. Laissez-moi lire le menu, considéré par votre gouvernement comme suffisant pour deux hommes adultes.

« Petit déjeuner. Un liquide supposé être du café, un ersatz de lait, deux cuillerées de sucre de betterave, de pseudo-œufs et une miche de pain au goût saumâtre.

« Déjeuner. Un prétendu pâté en croûte au veau et au jambon, des choses qui ressemblent à des pommes de terre et des haricots, de la tarte aux pommes sauvages, un fromage plein de mites.

« Thé. Du thé (un tonique indispensable aux Anglais décadents, mais que les Allemands méprisent).

« Dîner. Une soupe claire, du poisson, bien connu dans la région pour transmettre la lèpre. Une épaule de mouton qui a dû être abattu, des navets et des betteraves comme celles qu'on donne au bétail.

« Il n'y a pas de boîte de gâteaux à leur chevet au cas où ils auraient faim pendant la nuit.

« Quand vous entendez que des choses pareilles peuvent arriver dans votre magnifique et riche Empire tant vanté, peut-être exigerez-vous que vos gouvernants, qui permettent qu'on traite ainsi deux fermiers honnêtes et inoffensifs, cessent de se préoccuper du sort de la lie des villes polonaises enfermées dans de luxueux camps de concentration et se soucient un peu plus de la poutre qu'ils ont dans l'œil, pour changer.

« Demandez à Mr Churchill : où est l'*Ark Royal* ?

« Revoilà de nouveau le Lieder König.

— Eh bien, dit sir Ivor, j'espère que vous avez été choqués autant que moi par les mauvais traitements infligés à Herr Bad et Herr Wangel. Et maintenant je vais vous chanter un vieux succès : *Under the Deodar*. »

Puis il termina son émission en interprétant « Terrible doit être la mort du plongeur, qui marche seul, marche seul, marche seul dans les profondeurs », une chanson que lui et ses admirateurs aimaient beaucoup, car au mot « profondeurs », sa voix plongeait dans des profondeurs jusqu'alors inexplorées, ce qui aurait arraché à une otarie ou un hippopotame des rugissements d'admiration. « Bonne nuit, chers amis, dit le vieux König, ne perdez pas la boule. À propos, où est l'*Ark Royal* ?

— Ainsi prend fin, dit Winthrop, reprenant sa place devant le micro, notre émission en anglais de Propagande par la Chanson, conçue et chantée par le Lieder König. Vous écoutez le Reichsender Brême, stations de Hambourg et D x B sur la bande de trente et un mètres. J'ai une annonce spéciale pour mes auditeurs anglais. Il y aura demain une émission pour les animaux de compagnie diffusée par la station D x B à 9 h 30 heure de Greenwich.

— Maintenant il faut qu'on se tire, dit Heatherley, on pourra toujours attendre à la maternité si l'inspection du collecteur n'est pas terminée. »

Tous, y compris le vieux monsieur, se mirent à enfiler tant bien que mal leur tenue antigaz. Sophia n'attendit pas plus longtemps. Elle se précipita dans sa chambre où elle s'enferma, abasourdie par ce qu'elle avait vu.

Tout tourbillonnait dans sa tête. Si Heatherley, qui prétendait être un contre-espion américain, était en réalité un espion allemand, peut-être que le Roi de la Chanson faisait semblant d'être un espion allemand, mais était en réalité un contre-espion anglais. Faisait-il partie de la bande ou se contentait-il de les berner ? Peut-être était-il désireux mais incapable de faire passer un message au monde extérieur ou n'était-il que trop inquiet que son honteux secret soit préservé ? N'était-il ni espion ni contre-espion, mais juste un pauvre vieux monsieur qui tâtait des poucettes deux fois par jour ? Elle se demanda, hors de propos, s'il avait vu dans les journaux les péans de louanges suivis par les lamentations de déception qui y avaient tenu une telle place. Soudain elle se rappela cette petite annonce dans le *Times* : « Pauvre vieux monsieur souffrant d'une grave maladie voudrait correspondre avec jolie jeune dame. » Peut-être voulait-il correspondre avec la jolie jeune dame, peut-être, en fait, était-ce lui qui avait écrit sur son œuf « Correspondance (colonne, boîte) 22 », et qui avait envoyé la petite annonce. Mais s'il pouvait faire tout cela, il pouvait sûrement lui écrire, à elle, à Rudolph ou même directement au pauvre Fred.

Sophia sentit que sa vie s'était fortement compliquée tout d'un coup. Elle aurait voulu être plus versée dans les complexités de l'espionnage et souhaitait ardemment pouvoir se rappeler mieux les quelques romans d'espionnage qu'elle avait lus à diverses époques (généralement, bien sûr, en voyage, et se rappelle-t-on jamais ce qu'on lit en voyage ?). À quel moment, par exemple, la belle héroïne abandonne-t-elle sa piste solitaire pour appeler la lourde main, les gros souliers et les visages vides de Scotland Yard ? Pas avant, d'après elle, que le complot ait été brillamment démasqué, excepté quelques détails sans importance, par la ravissante espionne amateur elle-même. C'était un point de vue qui plaisait à Sophia, qui devait penser à Rudolph et à Olga tout autant qu'au roi et à la patrie. Elle s'endormit, ayant décidé d'adopter une politique d'attente attentive.

Le lendemain, quand Sophia arriva à son poste de secours, elle découvrit une atmosphère d'excitation aussi réprimée qu'horrifiée. Elle en conclut immédiatement que quelque chose de fâcheux était arrivé au Théâtre. Les infirmières colportaient toujours les atrocités qu'elles y avaient vues, et par le Théâtre elles ne désignaient pas, comme n'importe qui d'autre aurait fait, la pièce. Le « Lui » de ces divertissements n'était pas la vedette, mais le Chirurgien, « Elle » n'était pas la jeune première, mais la Patiente. Bref, le « Théâtre » n'était pas la Gaîté mais le bloc opératoire de l'hôpital Ste Anne. Les drames qui y étaient joués alternaient, comme au Grand Guignol de Paris, entre l'horrible tragédie et la grosse farce. Sophia supposa qu'un mort était revenu à la vie. L'inverse, qui arrivait trop souvent, n'aurait jamais causé une telle agitation.

Les infirmières se tenaient en petits groupes, murmurant, les yeux ronds comme des billes. Même sœur Wordsworth et Mr Stone, que Sophia trouva dans le bureau, avaient l'air très soucieux.

« Ne le dites pas à lady Sophia, cela ne lui plairait pas, dit sœur Wordsworth, toujours aussi bonne, se rappelant les genoux.

— Quoi ? demanda Sophia. Mais bien sûr, il faut que vous me le disiez. Je suis si curieuse. J'ai la nature la plus curieuse qui soit au monde. Si vous ne me le dites pas, je ne fermerai pas l'œil ni ne vous laisserai une minute de repos avant que vous l'ayez fait. Donc je vous en prie, chère sœur Wordsworth. »

Évidemment ils mouraient d'envie de le lui dire, en réalité. Il semblait que, pendant l'inspection du collecteur la nuit dernière, une chose trop horrible y eût été trouvée, remontée, transportée à travers le poste (dégoulinante, ma chère, l'odeur) et emportée à la morgue de l'hôpital. Sophia commença à deviner ce que pouvait être cet objet et, évidemment, c'était le corps d'une jeune femme, attachée et bâillonnée, au visage complètement rongé par les rats. Greta.

« Mais comment diable a-t-elle pu arriver là ? demanda-t-elle, d'une voix tremblante.

— Mon Dieu, la pauvre Sophia est blanche comme un linge. Je vous avais prévenu qu'il ne fallait pas lui dire. Asseyez-vous ici, ma chère, et prenez une tasse de thé.

— On pense qu'elle doit venir de beaucoup plus haut. Rien à voir avec ici.

— J'espère bien que non, dit Sophia. Nous n'aurions plus un patient de l'extérieur pour nos exercices s'ils pensaient qu'ils vont être balancés dans le collecteur principal une fois qu'on en aura terminé avec eux.

— Les patients de l'extérieur… quelle idée. Qu'est-ce qui vous fait penser à ça ? Eh bien, voilà votre thé, buvez-le d'un coup et vous vous sentirez mieux. Nous trouvons tous que Mrs Edwards a été très forte de trouver qu'il y avait quelque chose d'étrange sous nos pieds. J'ai hâte qu'elle me redise mon avenir, maintenant qu'il n'y a plus rien. »

Mais Sophia commençait à penser qu'il y avait en effet quelque chose de très étrange, rien de moins que le quartier général de la bande de Florence et la cachette de sir Ivor King lui-même. Sinon pourquoi avaient-ils fait l'émission dans la salle de bal le soir de l'inspection du collecteur ? Pourquoi travaillaient-ils tous si assidûment au poste ? Elle avait vu un plan de l'hôpital et savait que, sous le garage, il y avait des caves et des tunnels de vastes dimensions, ainsi qu'un collecteur principal, sans nul doute admirablement adaptés aux besoins de Florence. En fait, il serait difficile d'imaginer un endroit plus commode, où on entrait et sortait à toute heure, souvent couvert de pansements et allongé sur une civière, ou vêtu de l'uniforme sinistre de l'équipe de décontamination. Quoi de plus idéal ? Puis, si, pour quelque raison que ce soit, le poste devenait temporairement inadapté à leurs besoins, ainsi que cela avait été le cas hier soir pendant l'inspection du collecteur, ils pouvaient se replier, avec leur vieil allié (ou victime), sur Granby Gate, et sous l'apparence de Frères pouvaient y tenir leurs réunions et faire leurs émissions. Florence n'était peut-être pas une beauté, mais c'était apparemment une espionne des plus efficaces. Sophia espérait que tout cela servirait de leçon à Luke qui, à l'avenir, enquêterait sur les antécédents de ses âmes sœurs avant de les introduire chez lui.

12

Luke écrivit d'Amérique une lettre extrêmement divertissante. Il était évident que le changement d'air lui faisait du bien. Il semblait plein d'entrain et débarrassé de la mélancolie qui l'enveloppait avant de quitter l'Angleterre.

Il écrivait qu'ayant toujours entendu dire que l'Amérique était la seule véritable nation démocratique au monde, tout à fait libre de quelque distinction sociale que ce soit, il lui avait semblé plutôt étrange qu'on y parle presque uniquement de sujets tels que le charme de feu lady Fort William. « Un autre sujet qui est presque toujours abordé tôt ou tard, c'est ce que les Anglais pensent de l'Amérique. Quand je réponds que, bien que la plupart des Anglais aient entendu parler de l'Amérique, en fait il n'y en a pas un sur dix qui y croie, ils paraissent presque incrédules. » Il disait aussi qu'ils étaient tout à fait indignés par ce qui leur semblait être le progrès assommant de la guerre et qu'en général, d'après lui, ils espéraient que l'Allemagne allait gagner. Cela, bien sûr, de la manière irresponsable et coupable dont un enfant espère que la maison prendra feu. « Ils ont un point de vue juvénile et en particulier un amour extrême de la sensation. » Il avait presque terminé son travail, disait-il, et rentrerait bientôt. Son séjour avait été intéressant, mais il avait hâte de revenir en Angleterre. Il prendrait l'avion au retour. Pas de mention de Florence, de Herr Hitler ni de la Confrérie, et en fait le voyage de Luke au Nouveau Monde semblait avoir rajusté sa perspective de l'Ancien.

La nouvelle que le retour de son mari était imminent changea la vision que Sophia avait des choses et elle prit conscience qu'elle devait accélérer ses activités de démasquage. Luke était déjà détesté à cause de ses sympathies bien connues des dernières années et il serait extrêmement désagréable pour lui si l'on découvrait un nid d'espions dans sa maison pendant que lui-même y était. Si au contraire ils étaient débusqués et livrés à la justice grâce à la grande intelligence et à la ruse profonde de sa femme, tandis qu'il était occupé à l'étranger par un travail d'importance nationale, l'affaire prendrait un tour tout à fait différent qui ne pourrait qu'augmenter son crédit.

Sophia décida qu'elle devait immédiatement trouver où le Roi de la Chanson se cachait ou était caché, et entrer en communication avec ce traître et vénal (ou, alternativement, loyal et désintéressé) vieux bonhomme. Elle pensait que, même si les premiers adjectifs se révélaient corrects, il n'aurait pas perdu son affection pour sa filleule. Elle ne pouvait pas l'imaginer la livrant à Heatherley, le collecteur et les poucettes. Mais si en fait il était depuis le début du côté de l'Angleterre, il ne serait que trop content qu'on l'aide à échapper aux griffes de ses ravisseurs. Elle espérait qu'il ne serait pas drogué, comme Van der Lubbe, mais se dit que dans ce cas il n'aurait pas pu être en si bonne voix. Plus elle y pensait, plus elle était certaine qu'il devait être sous le poste de secours, et qu'un des indices en était la quantité d'amuse-gueule que Florence et Heatherley venaient chercher à la cantine. Leur appétit était devenu un sujet de plaisanterie chez les infirmières. La maternité était trop petite pour cacher une souris, mais à côté se trouvait le musée de l'hôpital, immense voûte sombre de forme et de dimension on ne peut plus sinistres. La plaque d'égout qui menait au collecteur principal se trouvait dans le petit bureau de Mr Stone, ils ne pouvaient donc pas utiliser celle-là. Il fallait chercher dans le musée.

Elle décida aussi qu'il ne lui était plus possible de se frayer seule un chemin dans la jungle d'espions et de contre-espions qu'était devenue sa vie. Après tout, elle avait à son crédit un excellent travail de contre-espionnage : le brillant trait d'intuition féminine qui l'avait empêchée de quitter la maison pour exécuter la mission bidon d'Heatherley, ce que beaucoup d'autres femmes de moindre qualité auraient fait, qui l'avait conduite aux découvertes sensationnelles que le Roi de la Chanson était toujours dans ce pays, que Heatherley Egg, loin d'être un contre-espion, était un contre-contre-espion, et que Winthrop, sinon Heatherley lui-même, était allemand. Dans *Les Trente-Neuf Marches*, même Scudder, qui, comme elle, préférait travailler seul, avait fini par léguer son petit carnet noir à un complice. Sophia n'ayant pas de petit carnet noir, il était d'autant plus nécessaire qu'elle eût un complice. À tout moment elle pouvait disparaître dans le collecteur, et alors personne ne saurait qu'elle avait été une belle espionne. C'était une perspective affreuse.

Pour complice elle avait le choix entre Fred et Rudolph, et bien que Rudolph eût plus d'initiative et plus de temps à présent, elle préférait de loin Fred, car il était beaucoup plus sous sa coupe. Il y avait toutes les raisons, sachant ce qu'elle savait du caractère de Fred, d'espérer qu'à ses yeux c'était elle qui commanderait. Fred était habitué aux chefs, et en fait n'avait jamais vécu de toute sa vie sans en avoir un. Rudolph, ainsi qu'elle le savait bien, lui donnerait des ordres ou l'ignorerait, selon ce qui lui conviendrait. De plus, elle éprouverait un plaisir intense, tout en le punissant d'avoir flirté avec Olga, à laisser Rudolph hors de tout ça jusqu'à ce qu'elle pût lui désigner les fruits de son activité sous la forme d'au moins trois prisonniers à la Tour. S'étant donc décidée sans hésitation pour Fred jusqu'à soulever le combiné pour lui téléphoner, elle se rappela soudain le collecteur principal et le sort qui pouvait attendre les contre-espions ineptes. Fred avait une jeune et jolie épouse qui semblait dévouée à l'idée qu'elle avait de lui. Il avait aussi deux gros bébés. Rudolph n'avait qu'une sœur parfaitement horrible, qui avait été souvent grossière envers Sophia. Elle téléphona à Rudolph.

Rudolph était maintenant ennuyé à périr par Olga et ses longues histoires concernant un Chef dont il était trop manifeste qu'il n'existait pas. Cependant, comme elle avait été la cause de sa rupture avec Sophia, il s'était senti obligé de la fréquenter. Quand il comprit qu'il était appelé à rejoindre le bercail, il ne fit pas secret de sa joie.

« Serge est venu me cravacher ce matin, dit-il. N'est-ce pas fascinant ? Il semble qu'il ait acheté une cravache chez Fortnum sur le compte d'Olga et il est arrivé ici très tôt, aux environs de neuf heures. Je ne m'étais pas du tout couché (il y a une nouvelle boîte qui s'appelle la Maison des Fous, on ira ce soir). Le portier m'a téléphoné dans ma chambre et m'a dit : “Il y a un monsieur en tenue de sport qui veut vous voir tout particulièrement", donc je l'ai fait monter avec mon petit déjeuner et voilà que le vieux Vorochilov s'amène en jouant avec une grande cravache ; la tête m'a tourné. Donc j'ai commandé à boire et il s'est assis sur mon lit et m'a dit qu'Olga augmentait son allocation chaque fois qu'il cravachait quelqu'un qui lui faisait des avances, parce qu'elle avait lu que c'était ce qui se faisait dans la Russie des tsars. Puis il m'a parlé de son *Blossom*. Il adorait tout simplement son *Blossom*, apparemment il n'a jamais aimé autant une autre créature de toute sa vie. Il m'a dit que son renvoi était une injustice grossière. Il ne s'était évanoui que parce que le ballon s'était évanoui le premier et qu'il n'avait pas su quoi faire d'autre, avec lui complètement à plat, l'air mort, et que l'idée qu'il allait dépendre du pauvre Fred le rendait malade. Ça ne m'étonne pas qu'il se sente malade, très souvent en fait, parce qu'il est occupé à se suicider à l'alcool… il le faisait déjà avant, bien sûr, donc ça ne fait pas beaucoup de différence. Quand même, c'est plutôt affreux de voir le pauvre tatar si triste et si bas. C'était un poivrot très gai, mais il pleurait comme une madeleine. Il vient juste de partir. Quand est-ce que je te vois, je viens maintenant ou je te retrouve au poste ?

— Non, ni l'un ni l'autre. Je ne veux pas qu'on me voie te voir, tu vois.

— Et pourquoi pas ?

— Eh bien, je ne peux pas te l'expliquer maintenant.

— Grand Dieu, Sophia, est-ce que Luke fait des histoires ?

— Luke n'est pas rentré, et tu sais parfaitement qu'il ne fait jamais d'histoires. Je te retrouve au Ritz dans une demi-heure.

— Tu veux bien me voir là-bas. Très bien, dit Rudolph rapidement, ne voulant pas que, dans l'état d'esprit excentrique où elle se trouvait, elle change d'avis ; je te retrouve là-bas, chérie ; au revoir. »

Sophia se sourit à elle-même. Cette soirée passée avec Heatherley au lieu de Rudolph avait été merveilleusement productive, d'une façon ou d'une autre.

Quand elle arriva au Ritz, Rudolph était déjà là, en train de lire la première édition d'un journal du soir. Il se leva pour l'accueillir, levant à peine les yeux du journal. Sophia s'assit à côté de lui, puis, se rappelant ce qu'elle était, elle se releva d'un bond afin de vérifier que personne n'était tapi derrière son fauteuil et qu'il n'y avait pas de microphone dessous.

« Tu fais le tour de ton fauteuil pour te porter bonheur ? demanda Rudolph tout en continuant à lire.

— Pose ce journal, chéri. J'ai beaucoup de choses à te dire.

— Vas-y.

— Arrête de lire, alors.

— Je peux très bien lire et t'écouter.

— Probablement. Mais je ne peux pas te parler pendant que tu lis. Chéri, tu es vraiment grossier. On dirait que ça fait des années que nous sommes mariés.

— C'est pratiquement le cas.

— Ça aussi c'est très grossier. Dieu merci, j'ai Luke pour assurer mes arrières.

— Pauvre vieux Luke. Tu parles toujours de lui comme si c'était un canapé.

— Ce qu'il est, et il n'y a aucun mal à ça, au contraire. Plus je te vois, Rudolph, plus j'aime Luke, comme disait quelqu'un à propos des chiens. Rudolph, maintenant, s'il te plaît, ne nous disputons plus. Pose ce journal et causons. »

Rudolph s'exécuta de mauvaise grâce. Ils étaient maintenant très fâchés l'un contre l'autre.

« Eh bien quoi ?

— Chéri, maintenant écoute. Tu sais que je suis belle ?

— Tu es pas mal.

— Non, Rudolph, s'il te plaît, dis que je suis belle ; ça fait partie du truc.

— Je suppose que tu vas me dire que tu es une belle espionne ?

— D'une certaine manière.

— Oui, j'en suis tout à fait sûr. Et que tu as un Chef, mais que tu n'es pas satisfaite de sa loyauté et qu'en fait tu travailles de ton côté et que le ministère de la Guerre et Scotland Yard n'ont aucune idée de ce que tu fabriques parce que tu fais cavalier seul, mais que bientôt il y aura des révélations sensationnelles et que tu seras une héroïne nationale. Oh, Dieu, que les femmes sont casse-pieds à la guerre. » Rudolph retourna à son journal.

Sophia quitta le Ritz très en colère et alla droit à son poste où elle déjeuna seule à la cantine. Il était beaucoup trop tôt pour téléphoner à Fred ; il serait dans son *Blossom*. Il allait falloir qu'elle enquête seule, après tout.

13

Sophia s'était demandé pourquoi la cantine était si vide, et quand elle descendit elle découvrit que la raison en était que le poste était dans les affres d'un grand exercice. Les jours derniers on avait débattu de cet événement avec fièvre et il avait fallu que Sophia eût d'autres préoccupations pour qu'elle l'oublie. Dès son arrivée, elle fut prise dans le tourbillon. Non seulement le contrôle Sud lui sifflait à l'oreille : « Exercice rouge, attendez-vous à des blessés », non seulement des patients couverts de « blessures » à l'aspect le plus lugubre apparaissaient en foule – ces choses étaient souvent arrivées auparavant et avaient été considérées comme faisant partie du travail quotidien –, mais surtout ce jour fut rendu mémorable par le fait qu'un véritable amiral (pas d'exercice) était attendu pour escorter une vraie princesse (pas d'exercice) dans sa visite du poste.

Sophia comprit immédiatement que, si elle devait jamais enquêter, le moment était venu. Heatherley et Winthrop étaient occupés continuellement aux brancards et ne pourraient pas quitter la salle de soins pendant un moment sinon pour monter des « cas » à l'hôpital. Seule Florence n'était pas occupée. Il fallait remédier à cela. Sophia entra dans la salle de soins à la recherche de sœur Wordsworth. C'était une véritable ruche. Pansements et attelles étaient disposés en quantité et les instruments étaient tous en train de recevoir une double dose de stérilisation, comme si l'œil royal était doté d'un microscope qui le rendait capable de noter, avec désapprobation, des nuages de streptocoques en formation. Sœur Wordsworth surveillait la scène.

Sophia dit : « Puis-je vous parler un moment ? » et suggéra que, si tout était censé se passer exactement comme s'il y avait un vrai raid, alors il fallait que Florence pratiquât un exercice d'accouchement. Sœur Wordsworth sentit tout le poids de cet argument et, se saisissant de la première « patiente » qui apparut, l'expédia en salle de travail.

« Elle ne peut pas avoir moins de soixante-six ans, dit-elle tout haut en un aparté enjoué. Pas de doute que l'accouchement sera très difficile. Préparez les forceps, sœur Turnbull, et beaucoup d'eau chaude. » Florence, l'air extrêmement maussade, se prépara à obéir de mauvaise grâce.

À ce moment la vraie princesse apparut et on oublia les plaisanteries.

Dès que S.A.R., après avoir vu son bureau, fut passée dans la salle de soins, Sophia rassembla tout son courage et quitta sa chaise auprès du téléphone. S'il sonnait pendant son absence, sœur Wordsworth ne le lui pardonnerait jamais. Il fallait risquer cela, parmi d'autres choses. Elle emprunta en courant un couloir de service menant au musée. La porte était fermée, mais elle avait le passe de sœur Wordsworth, avec lequel elle l'ouvrit. Florence était dans la salle de travail dont la porte était à angle droit avec celle du musée. Elle semblait penchée sur sa vieille victime et elle tournait le dos à Sophia qui se glissa prudemment dans le musée en fermant la porte derrière elle. Puis, tremblant de terreur, elle alluma sa torche et descendit l'allée principale entre les vitrines. Elle passa devant les fœtus de siamois, effrayantes poupées blanches ratatinées, anormalement humaines, avec un air horriblement malveillant. Elle passa devant les cœurs malades et les foies altérés avant de parvenir à la vitrine contenant les cerveaux dotés de tumeurs. Alors son cœur s'arrêta. Par terre sous les cerveaux, brillant dans la lumière de sa torche tel un fil d'or, se trouvait une boucle élastique couleur beurre frais qui ne pouvait avoir qu'une seule provenance. La curiosité horrifiée ressentie par Robinson Crusoé quand il découvrit l'empreinte du pas de Vendredi, l'extase et la joie de Mme Curie quand elle obtint enfin un morceau de radium étaient maintenant ressenties par Sophia, avec d'autres sensations plus complexes. Pendant une ou deux minutes, l'excitation faillit l'étouffer avant que, se reprenant, elle ne suive la direction dans laquelle la boucle pointait (pour autant qu'on puisse dire qu'une boucle pointe). Sous le gros intestin, une autre l'accueillit d'un clignement d'œil, il y en avait une troisième sous les estomacs ulcérés. Au bout de l'allée, une vitrine de vessies était posée contre le mur sous laquelle se trouvait une boucle. Très précautionneusement Sophia poussa la vitrine. Elle bougea. Elle posa sa torche et déplaça la vitrine derrière laquelle se trouvait une porte. Alors qu'elle ouvrait cette porte, elle savait qu'elle devait être la femme la plus brave du monde. Enfant, quand quelque chose lui faisait terriblement peur, elle se rappelait qu'elle descendait de Charles II, et cela la soutenait. Elle invoqua à présent ce talisman, mais sans grand résultat. Le monarque joyeux avait vécu dans un passé trop lointain et Sophia était maintenant adulte et savait que les couvertures ont plus d'un côté. Quoi qu'il en soit, si son sang coulait vraiment dans ses veines, les pires terreurs qu'il eut à affronter furent les Têtes rondes et le billot, ou, plus tard, les bandits de grand chemin qui auraient été aisément charmés par une guinée et une plaisanterie royale. Un musée d'hôpital avec ses pièces macabres, l'obscurité, le collecteur principal, peut-être des rats et des espions qui se déplaçaient sans bruit, étaient une épreuve pour les nerfs qui aurait bien pu briser la résistance d'un homme beaucoup plus courageux que ne l'avait été Charles II.

Elle faisait maintenant face à une longue volée de marches menant, supposa-t-elle, à d'horribles cachots. Elle la descendit, puis emprunta un petit couloir au bout duquel il y avait une autre porte qu'elle ouvrit. Assis dans une petite pièce tout à fait gaie pourvue d'un radiateur électrique se trouvait le vieux monsieur lui-même.

« Ma chérie, s'écria-t-il, que s'est-il passé… sont-ils tous pris ? Comment es-tu arrivée ici ? Où est la police ?

— Chuut, fit Sophia, les genoux flageolants. Je suis toute seule. Je viens du poste.

— Mais ma chère enfant, c'est terrible, si terriblement dangereux. Il faut que tu y retournes immédiatement. Écoute-moi juste attentivement. Ils… tu sais qui je veux dire ? Florence et les autres. »

Sophia acquiesça. « Oui, je sais que ce sont des espions, continue.

— Ils préparent quelque chose que je dois découvrir. Ils le mettront à exécution vendredi, dans trois jours. C'est quelque chose de diabolique. J'ai à moitié deviné, mais je dois être sûr. À part ça, je sais tout sur les espions allemands dans ce pays. Maintenant je veux que tu dises à la police où je suis et tout ce qui concerne Florence & Co, pour qu'ils les surveillent.

Mais je veux aussi qu'ils attendent vendredi six heures du soir pour arrêter la bande. Cela, quoi que ce soit, se passera à dix heures cette nuit-là, donc si je ne sais pas tout à six heures, je ne le saurai probablement jamais. Bref, je n'ose pas repousser à plus loin. Maintenant va-t'en vite. S'ils te trouvent ici, ils nous jetteront tous les deux dans le collecteur principal, et tout mon travail aura été perdu. Va, va. Fais attention. Adieu, jusqu'à ce que nous nous revoyions, ma très chère. Adieu. »

Quelque chose dans l'attitude du vieux Roi terrifia Sophia. Il la regardait comme s'il s'attendait à ne jamais la revoir dans cette vie. Il parlait avec la brutalité et l'irritation d'un homme qui a très peur. Elle tourna les talons et prit ses jambes à son cou, remontant l'escalier jusqu'au musée. Là, les mains tremblantes, elle remit en place la vitrine de vessies contre la porte, comme elle l'avait trouvée. Puis elle refit le chemin inverse à travers les curiosités médicales et se retrouva dans le poste. La porte de la salle de travail était fermée cette fois-ci et la voie semblait libre. Elle courut aussi vite que possible jusqu'à son bureau, s'écroula dans son fauteuil et se sentit extrêmement faible. Elle se tint la tête entre les genoux quelques instants jusqu'à ce que le tournis passe. Elle avait terriblement envie de cognac, mais savait qu'elle n'en trouverait pas.

L'inspection royale suivait son cours. De fait, bien qu'il lui semblât que cela faisait des semaines, Sophia n'avait été absente du bureau que dix minutes, et fort heureusement le téléphone n'avait pas sonné pendant ce temps. Ce qu'il fit à présent : « Contrôle Sud. Alerte blanche. » Sophia décida qu'elle n'était pas faite pour cette profession, qu'elle avait choisie d'un cœur léger, d'agent secret. Elle n'était pas du tout assez courageuse.

Ses dents continuaient à claquer, sa main tremblait tant qu'elle pouvait à peine soulever le combiné. Elle n'allait pas continuer à suivre sa piste solitaire, ce soir l'affaire serait confiée à Scotland Yard et elle serait dégagée de toute responsabilité. Cette résolution réconfortante fortifia grandement ses nerfs. Le gros visage rouge d'un policier serait plus stimulant qu'un cognac et elle exigerait d'en avoir un pour veiller sur elle jusqu'à vendredi. Elle se demanda si elle pourrait le persuader de dormir dans sa salle de bains, et pensa que rien ne pourrait la rendre plus heureuse.

Sœur Wordsworth arriva, toute joyeuse d'avoir reconduit la princesse à sa voiture. Elle déclara que tout s'était parfaitement bien passé. Il semblait que la patiente de sœur Turnbull eût vécu son expérience dangereuse et inhabituelle aussi aisément que si elle avait eu vingt ans et non soixante (des jumeaux, Neville et Nevile, d'après le *Blue Book*), et elle était maintenant en train de savourer une tasse de thé à la cantine en compagnie des autres patients. La princesse avait été charmante et avait étonné tout le monde, les membres des familles royales étant toujours considérés *a priori* comme idiots, sourds et muets, avant de fournir la preuve du contraire en posant des questions très pertinentes. L'amiral avait fait de l'œil à plusieurs infirmières et s'était montré direct, simple, cordial, et toutes autres choses qu'on attend des marins. Bref, tout le monde avait été content et se trouvait dans un état d'esprit satisfaisant et le poste résonnait du bruyant bavardage généralement provoqué par un grand soulagement. Sophia, se joignant aux autres, oublia presque ses expériences cauchemardesques dans le musée.

Mais, quand vint le moment de rentrer chez elle, elle sentit qu'elle ne pouvait vraiment pas affronter les terreurs du couvre-feu pour marcher comme elle faisait d'habitude. Elle avait de nouveau peur et l'idée d'hommes masqués l'attendant derrière des sacs de sable pour lui faire hou ! était trop démoralisante. Elle appela donc un taxi au téléphone. En y montant, elle se demanda si elle devait vraiment aller directement à Scotland Yard avant de rentrer chez elle. Après quelque hésitation, elle décida qu'elle se sentait très fatiguée et sale. Un dîner et surtout un bain étaient nécessaires avant qu'elle puisse entreprendre une pareille expédition ; de plus, il était tout à fait possible qu'elle soit même capable de persuader un inspecteur paternel de venir la voir, confortablement, à Granby Gate, ce qui serait beaucoup plus agréable.

Elle emporta un whisky-soda dans sa chambre, se déshabilla lentement devant le feu et s'enveloppa dans sa robe de chambre. Puis elle s'assit un moment pour siroter son whisky. Elle se sentit beaucoup mieux et alla faire couler son bain. Heatherley était assis sur le rebord de la baignoire.

Sophia se blottit dans sa robe de chambre, paralysée de terreur. Elle se félicita vaguement d'avoir passé la robe de chambre. Sa salle de bains donnant sur sa chambre et n'ayant pas d'autre entrée, très souvent elle n'en mettait pas. Heatherley avait une expression très désagréable, pour ne pas dire alarmante, sur le visage, et elle était bien trop déconcertée pour lui reprocher de se trouver dans sa salle de bains, ni en fait pour dire quoi que ce soit.

Il se leva et lui aboya dessus, et les derniers doutes qui lui restaient sur sa nationalité allemande disparurent.

« On vous a vue cet après-midi sortir du musée de l'hôpital. Qu'est-ce que vous y faisiez ? »

Sophia avait l'impression d'être un lapin devant un serpent. « Oh pas grand-chose, dit-elle. Je trouve que ces siamois ressemblent à des petits canards, pas vous ? »

Elle vit que sa repartie avait énervé Heatherley et il lui vint à l'esprit qu'il ne savait pas qu'elle avait découvert le Roi de la Chanson. Elle supposait que, s'il avait seulement deviné pareille chose, elle se serait préparée en ce moment à aller prendre un bain dans le collecteur. « Ressaisis-toi, tu descends de Charles II, non ? » Sophia était suffisamment snob pour sentir que cette parenté incertaine la rendait supérieure à Heatherley, qu'il fût américain ou allemand, ni l'un ni l'autre de ces pays n'ayant existé, pour autant qu'elle s'en souvienne, du temps de Charles II. « Vous ne trouvez pas, poursuivit-elle de ce ton évaporé, que Charles II était le plus fascinant de nos rois ?

— Je crains de n'être pas venu ici parler de Charles II. Je suis venu vous informer de deux choses. Premièrement, il faut que vous sachiez que je ne suis pas, ainsi que vous le supposiez, un contre-espion.

— Boche ou yankee ? » demanda Sophia. Le visage d'Heatherley fut traversé d'un spasme de rage intense. Elle commençait à s'amuser beaucoup.

« Je suis le chef du réseau d'espionnage allemand dans ce pays. Je m'appelle Otto von Eiweiss. Florence est Truda von Eiweiss, mon épouse. *Heil Hitler.*

— Votre épouse ! s'exclama Sophia. Grand Dieu, depuis le début j'ai cru que vous aviez le béguin pour elle !

— Deuxièmement, poursuivit Heth, ignorant son propos mais tremblant de fureur, Truda et moi pensons que vous en savez trop. Nous pensons que vous vous êtes mêlée d'affaires qui ne vous regardent pas. Nous pensons également que vous pourriez bientôt parler de ces affaires à vos amis, qui, bien qu'ils appartiennent tous à cette classe décadente que nous autres nationaux-socialistes méprisons plus que tout, pourraient à leur tour (purement par accident, bien sûr, ils sont trop mous et stupides pour avoir le moindre but dans la vie) nous faire du tort en parlant. Donc, afin de nous assurer que rien de tout cela n'arrivera, nous avons pris votre bouledogue, Millicent, sous notre protection, car nous avons remarqué que, à votre manière anglaise et antinaturelle, vous semblez l'aimer plus que tout. Dans trois jours, si vous faites exactement ce que nous vous disons, elle sera de nouveau de retour sous votre édredon, sinon…

— Couette », corrigea mécaniquement Sophia. Elle méprisait le terme d'« édredon ». Puis, soudain, réalisant de quoi il parlait : « Mon bouledogue, Millicent… Milly ? Espèce de sale brute », et elle oublia complètement Charles II et le plaisir qu'elle avait eu à énerver Heth, et se précipita sur lui tous ongles et dents dehors.

Heatherley évita ses morsures et griffures avec une facilité humiliante et, lui tordant le bras à la manière des écoliers, il poursuivit : « Maintenant, soyez bien sage et écoutez-moi.

— Aïe, ça fait mal. Lâchez-moi.

— Vous allez vous taire ? Bien. Maintenant je vais poursuivre notre petit entretien. Votre bouledogue, Millicent, comme je viens de vous le dire, est sous notre protection.

— Où ?

— Je ne le révélerai pas.

— Est-ce qu'elle a eu son dîner à six heures ?

— Si elle dîne ponctuellement à six heures il est très probable qu'elle l'ait eu. Elle a été emportée de chez vous à six heures et demie précisément.

— Oh ! Où est-elle, je vous prie ?

— Cela ne vous regarde pas.

— Sale Boche, bien sûr que ça me regarde. Par ce temps. Elle va attraper froid, elle va avoir une bronchite. Ces chiens sont affreusement fragiles de la poitrine. Sauvage… cafre… reître soudanais… espèce de…

— Me traiter de tous les noms n'arrangera pas le cas de Millicent, loin de là. Elle est maintenant en mon pouvoir et vous feriez bien d'être gentille avec moi. » Heatherley se pencha en avant avec un horrible regard concupiscent.

« Je dirai à Florence que vous êtes entré dans ma salle de bains alors que je n'avais quasiment rien sur moi », déclara-t-elle. Ce coup sembla avoir porté. Heatherley parut fort dérouté.

« Le bouledogue, dit-il après un silence, vous sera rendu en parfaite santé dans la mesure où vous aurez été obéissante et où vous aurez observé non seulement la lettre mais l'esprit de nos instructions. Sans quoi, j'ai le regret de vous informer que non seulement elle subira une vivisection de plusieurs heures avant d'être jetée, comme Greta, encore vivante, dans le collecteur principal, mais que, bien avant que vous puissiez agir, vous aussi aurez cessé de vivre.

— Démon. Je dois dire que je n'aimerais pas être vous, une fois que vous serez mort. Vous voulez savoir ce qui vous arrivera ? Eh bien, vous serez étendu pour l'éternité sur un gril où vous serez arrosé de votre jus… vous m'entendez : ARROSÉ DE VOTRE JUS.

— Au lieu de m'injurier et de me menacer à l'aide des superstitions éculées d'une religion décadente, il vaudrait mieux que vous écoutiez ce que j'ai à dire.

« Les trois prochains jours et nuits, soit Florence, soit Gustav que vous connaissez sous le nom de

Winthrop ou moi-même nous vous surveillerons tels des lynx. Vous ne serez jamais hors de vue de l'un de nous. Florence prendra la garde de nuit et dormira dans votre chambre. Gustav et moi nous relaierons de jour. Si vous faites le plus petit signe à qui que ce soit ou envoyez un message au monde extérieur, nous le saurons, et dans la demi-heure qui suivra le bouledogue Millicent regrettera d'être venu au monde.

— Comment voulez-vous que Florence dorme dans ma chambre ? Il n'y a qu'un lit.

— Il est très grand. Vous pouvez choisir entre le partager avec Florence ou faire installer un autre lit dans votre chambre.

— Beurk ! » Sophia frissonna. Puis elle sonna et, se sentant extraordinairement bête, entra dans sa chambre où elle dit à Elsie qu'elle avait eu des cauchemars et que Miss Turnbull avait très gentiment consenti à dormir avec elle.

« Oh, et, Elsie, dites à Mrs Round que j'ai emmené Milly chez le vétérinaire pour qu'il la vermifuge, voulez-vous ? Elle sera absente environ trois jours.

— Oui m'lady. On se demandait tous où Milly avait bien pu passer. »

Une fois Elsie partie, Heatherley sortit de la salle de bains et dit : « Un dernier mot. Je vous préviens que vous feriez bien d'agir de bonne foi. Il ne vous servira à rien de faire des choses telles que, par exemple, écrire des mots à l'encre invisible sur des boîtes d'allumettes, car nous agirons au moindre soupçon. Votre téléphone ici est coupé. Je vous prie de ne pas le faire réparer. Le plus sûr pour vous et votre bouledogue serait de ne voir personne d'autre que le personnel du poste. Quant à eux, je vous dirai qu'ils sont à quatre-vingt-dix pour cent des membres de mon groupe, qui nous aideront à vous surveiller.

Miss Wordsworth a reçu hier dans un omnibus une *piqûre*[1] qui la retiendra chez elle pendant au moins une semaine.

— Je vois, vous faites la traite des Blanches en plus du reste.

— Mr Stone, comme vous le savez, est parti en vacances. Vous serez seule dans le bureau, et Gustav ou moi-même vous tiendrons souvent compagnie. Quand vous vous croirez tout à fait seule, l'un de nous vous surveillera par une déchirure dans la toile de jute. »

Sophia ne ferma pas l'œil de la nuit. Il est vrai que Florence ne ronflait pas aussi fort ni aussi incessamment que Milly, et qu'elle ne rapprochait pas autant son visage de celui de Sophia que Milly pendant la nuit. Ce qu'elle faisait consistait à émettre de temps à autre un sinistre petit « coin-coin » qui était bien plus dérangeant. Mais, de toute façon, Sophia aurait probablement perdu le sommeil. Dans quelque sens qu'elle retourne l'affaire, il ne semblait pas qu'il y eût de moyen de se sortir de l'embarras où elle s'était mise. Même en supposant qu'elle fût prête à sacrifier Milly au bien de tous, ce qui n'était pas le cas, vraiment, il lui semblait qu'elle n'aurait que le temps de pousser un cri hystérique avant d'être maîtrisée, bâillonnée et jetée dans le collecteur ou, si elle était dans la rue, liquidée d'une manière ou d'une autre. Alors son secret, tout comme celui de Scudder, mourrait avec elle, car il était maintenant trop tard pour commencer à tenir un petit carnet noir. La perspective était décourageante.

Elle se tourna et retourna misérablement en se creusant les méninges jusqu'à ce qu'elle entendît

1. En français dans le texte.

qu'on l'appelait, et que la vue de Florence adossée aux oreillers et occupée à avaler un énorme petit déjeuner lui coupât tout à fait l'appétit. Pendant un instant elle oublia ses ennuis, fascinée par la vision de Florence mettant son corset, mais avec tant de problèmes plus graves à l'esprit Sophia ne profita pas vraiment de cette expérience. Une chose la torturait surtout, c'était de savoir qui promènerait Milly le matin et si elle ferait bien tout ce qu'elle avait à faire. Si on la gardait, comme le vieux monsieur, sous le poste, il était peu probable qu'il y eût pour elle un peu de verdure, à moins qu'il ne pousse une sorte de mauvaise herbe souterraine à côté du collecteur principal. Puis il y avait la question de la nourriture.

Elle ignorait Florence. Elle jugeait que celle-ci, après avoir vécu tous ces mois avec elle, avoir accepté sa cape en fourrure et l'avoir remerciée en kidnappant Milly, s'était mise à l'index. Sophia ne voulant ni ne pouvant lui parler, il lui faudrait s'entretenir du régime de Milly avec Heatherley, et en attendant elle décida d'emporter un dîner dans un paquet, à l'intention du bouledogue, quand elle irait au poste.

Sophia et Florence passèrent une matinée lugubre chez Harrods où, chaque fois qu'elle voyait une connaissance, Florence la menaçait du canon d'un revolver qu'elle avait dans son sac. Après quoi elles se rendirent, toujours en silence et assez tôt, au poste. Sophia serrait contre elle un paquet humide de viande hachée qu'elle déposa dans la salle de travail à leur arrivée, en priant pour que tout se passe au mieux. Elle trouvait ce geste pareil à celui des paysans grecs primitifs, dont on dit qu'ils déposent, en un lieu sacré, de petites offrandes au dieu Pan.

Les prédictions d'Heatherley étaient justes. Sœur Wordsworth était malade. Mr Stone était en vacances pour une semaine, et Sophia était seule dans le bureau. Heatherley et Winthrop se relayèrent pour la surveiller et la première chose qu'elle vit en entrant fut un affreux œil, fixe et pâle, pressé contre une déchirure dans la toile de jute. Il n'y avait rien à faire, rien du tout. Elle se sentait très mal et les heures se traînaient. Même l'*Histoire d'Angleterre* de Macaulay n'avait plus de charme pour elle. Le débarquement du prince d'Orange parmi les rudes pêcheurs de Torquay dans un décor de fantômales villas futures était une scène peinte qui ne pouvait présenter beaucoup d'intérêt pour quelqu'un qui comme elle était assis sur un baril de poudre. La première question qu'elle avait à l'esprit était : « Que va-t-il se passer vendredi ? » Mais plus elle y pensait, moins elle arrivait à se faire une idée. Peut-être n'était-ce que le jour où Florence et sa bande d'espions quitteraient le pays. Mais elle sentait que c'était quelque chose de bien plus sinistre. L'assassinat d'un homme public, par exemple, bien qu'il fût difficile de penser à l'homme public dont l'assassinat ne ferait pas grandement progresser la cause alliée, objection qui, multipliée par mille deux cents, s'appliquerait évidemment à la destruction du Parlement par une bombe. Aux yeux de Sophia, cela ne serait même plus un désastre esthétique attendu qu'il avait été soumis au barbarisme à la mode, la conservation dans la saumure.

Ce soir-là il était prévu depuis longtemps qu'elle dîne avec Fred. Comme c'était à elle de choisir l'un de ses trois chaperons, elle choisit Heatherley. C'était celui qu'elle détestait le plus, parce qu'elle était tout à fait sûre que c'était lui qui avait eu l'idée d'enlever Milly, et elle espérait pouvoir l'agacer en parlant de l'Allemagne avec Fred devant lui. Malheureusement cela ne marcha pas trop bien. Le Fred tourmenté par les idéaux et en proie à l'Union fédérale était tout à fait différent du vieux Fred insouciant qui se joignait à elle pour attaquer violemment l'étranger, sa cuisine, ses manières, ses langues, ses paysages et la difficulté qu'il y avait à s'y rendre.

« Je ne peux pas être d'accord avec toi, ma chère Sophia, dit-il d'un air pompeux, alors qu'elle pensait l'avoir mis en verve. Je considère tous les étrangers, même les Allemands, sous une lumière complètement différente maintenant. Pour moi ce sont nos frères en Union. Quoi qu'il arrive, nous devons terminer la guerre avec un amour brûlant au cœur… la punition que nous sommes en train de leur infliger doit être tout à fait dans l'esprit de “cela me fait encore plus mal qu'à toi”. »

Heatherley laissa échapper un ricanement méprisant.

« Pardon ? Bien sûr, Mr Egg, comme vous venez des États-Unis d'Amérique, vous pouvez nous parler d'expérience de l'Union fédérale, je suis sûr que vous en pensez le plus grand bien.

— Ça marche très mal là-bas et ce serait tout à fait inutile en Europe. En Europe vous avez une Puissance tellement en avance sur les autres que le sens éthique ainsi que le bon sens devraient toutes les soumettre à ses préceptes.

— Oui, c'est ce que je dis toujours, fit Sophia, mais évidemment ce sera terriblement barbant de devoir gouverner tous ces abominables étrangers et je doute que nous en ayons envie. Peut-être pourrions-nous nous débrouiller pour que les Français le fassent à notre place. »

Heatherley eut un sourire supérieur. Il semblait bien trop à l'aise au goût de Sophia et elle craignait beaucoup que ses plans n'arrivent à maturation de manière satisfaisante pour lui. Elle ne fit aucune tentative pour communiquer de quelque façon avec Fred, sachant que, seule avec lui et sans être interrompue, il lui aurait fallu une bonne heure pour lui expliquer toute l'affaire. Fred aimait aller au fond des choses, poser une centaine de questions et beaucoup écrire dans son carnet. Son tempérament particulier rendait une astuce telle que lui tapoter quelque chose en morse sur la cuisse (même si Sophia avait été suffisamment experte) bien pire qu'inutile. Elle ne fit donc rien.

La soirée ne fut pas un grand succès. Fred demanda où était Milly et, quand elle lui eut parlé du vétérinaire, il lui rappela qu'elle et Abbie avaient été vermifugées ensemble moins de deux mois auparavant. Il poursuivit en disant à quel point cette opération mettait les intestins des chiens à l'épreuve, lui demandant quels indices elle possédait que Milly avait des vers, jusqu'à ce que la pauvre Sophia se retienne de hurler. Puis ils écoutèrent le Roi de la Chanson, qui n'était pas en grande forme. Mais à la fin de son émission, il y eut pour Sophia une goutte de réconfort quand il chanta très distinctement : « Milly est ma chérie, ma chérie, ma chérie » ensuite de quoi elle entendit ou crut entendre un puissant ronflement. Si Milly était avec le vieux monsieur, cela serait bien pour tous les deux, et particulièrement, bien sûr, pour le vieux monsieur. Enfin Fred s'en alla, après quoi Heatherley escorta Sophia, qui avait maintenant très sommeil en dépit de tous ses soucis, jusqu'à sa chambre où l'attendait Florence.

C'est ainsi que se termina le premier jour.

14

Le lendemain matin, Sophia, à qui l'épuisement avait procuré une excellente nuit, se réveilla d'humeur plus ferme. Elle avait souvent entendu dire que les Allemands sont le peuple le plus stupide de la terre. Se rappelant cela et aussi le fait que, jusqu'à ce qu'elle eût découvert que c'étaient des espions, elle avait toujours considéré Florence, Heatherley et Winthrop comme les gens les plus barbants qu'elle connaissait, il lui sembla qu'il devrait être possible de se montrer plus maligne que Truda, Otto et Gustav, même s'ils étaient à trois contre un. Elle resta au lit jusqu'à ce qu'il fût temps d'aller à Ste Anne, en réfléchissant très fort.

Il était clair que la première chose à faire était d'écrire un compte rendu concis de sa situation qu'elle devait tenir prêt au cas où elle aurait une occasion de le transmettre à une personne de confiance sans être observée. La haine qu'elle avait pour Heatherley, plus encore que la peur, lui donna du courage et de la ruse et, quelque temps après son arrivée au poste, elle posa son mouchoir sur un bout de crayon qui était sur la table. À la suite de quoi elle prit mouchoir et crayon et se rendit aux toilettes, seul endroit où elle pouvait être hors de vue de la satanée trinité, dont l'un des membres la suivit jusqu'à la porte. Là elle écrivit, très rapidement, sur son mouchoir : « Espions. Milly et Ivor King détenus sous le poste. Prévenir la police, mais agir très prudemment. Je suis surveillée. Pas une blague. » Il lui fallut gâcher un espace et un temps précieux pour écrire « pas une blague », parce qu'elle savait que, si cette missive tombait entre les mains de l'un de ses amis, il penserait sûrement que c'en était une et agirait en conséquence. Le problème maintenant était de trouver à qui la donner du fait que, bien qu'elle fût certaine qu'Heatherley bluffait en prétendant que presque toutes les infirmières étaient des espionnes, elle ne connaissait suffisamment aucune d'entre elles, maintenant que sœur Wordsworth était partie, pour être absolument sûre de leur intégrité.

La sœur chargée de la salle de soins fit entrer une Mrs Twitchett dans le bureau. C'était une de ces grosses femmes dont le visage beaucoup trop poudré semblait fait de pâte à modeler et dont les seins, si on les piquait, disparaîtraient sûrement dans un grand boum et un courant d'air. La sœur la présenta à Sophia, disant qu'elle était déjà inscrite au quartier général de la défense passive comme travaillant à mi-temps pour Ste Anne et que Sophia n'avait plus qu'à remplir sa fiche.

« Emma Twitchett, écrivit-elle, 144 The Boltons. Qualifications : secouriste, infirmière à domicile et certifiée en gaz. Parent : l'évêque de l'Antarctique. Religion : secte de la comtesse d'Huntingdon. »

C'est alors que Sophia leva brusquement les yeux et vit, ce qui ne lui était pas encore venu à l'esprit tant elle était préoccupée, qu'Emma Twitchett n'était autre que Rudolph. Pendant un instant de soulagement fou, elle pensa qu'il devait tout savoir et qu'il était venu à son secours ainsi qu'à celui de Milly et sir Ivor. Puis elle réalisa que ce ne pouvait pas être le cas. Il s'ennuyait sans elle et espérait rentrer en faveur grâce à cette plaisanterie recherchée. Il était de la plus grande importance de l'empêcher de se révéler au bureau du fait qu'ils semblaient être seuls. Dès qu'elle eut rempli la fiche de Mrs Twitchett, elle se dépêcha de lui faire quitter le poste.

Bien qu'on ne puisse pas dire que jusqu'alors Sophia se fût révélée une contre-espionne brillante ou efficace, elle rattrapa ses erreurs passées par une conduite parfaitement intelligente. La chance qu'elle avait tant espérée s'était enfin manifestée et elle ne la laissa pas échapper. Elle fit faire à Mrs Twitchett, comme à tous les nouveaux arrivants, le tour du poste tout en bavardant très aimablement. Elle prit garde de ne rien omettre, ni la salle de repos au premier, ni la cantine, ni le vestiaire des dames, ni la pièce qui contenait les casiers des infirmières. Elle espérait que Rudolph remarquerait et se rappellerait plus tard la façon dont Winthrop, sans se donner la peine de dissimuler ses mouvements, les suivait de près durant cette visite. Sophia était bien contente que ce fût Winthrop, qui, selon elle, était moitié moins intelligent qu'Heatherley. Enfin elle accompagna Mrs Twitchett jusqu'à la porte en disant : « Très bien, parfait. Demain à midi. Oh oui, bien sûr, fit-elle d'un air hésitant et timide, oui, naturellement, je vais vous prêter le mien. » Elle sortit son mouchoir et le tendit à Rudolph avec un sourire. « Non, bien entendu, vous me le rendrez quand vous voudrez. J'en ai un autre dans mon sac ; ça n'a aucune importance. Bien alors, à demain. Je suis ravie que vous veniez, nous sommes plutôt à court de personnel, vous savez. »

Elle rentra sans un regard pour Winthrop qui rôdait à l'intérieur et qui la suivit dans son bureau. Puis elle resta un moment assise à trembler beaucoup et s'attendant à tout instant à être convoquée au collecteur, mais à mesure que le temps passait et que rien n'arrivait, elle se mit à tricoter. Si elle était un peu soulagée d'avoir au moins pu faire un pas vers la communication avec le monde extérieur, elle était aussi torturée à l'idée que Rudolph ne voie jamais ce qui était écrit sur le mouchoir ou que, dans ce cas, il se contente de dire que les femmes sont des casse-pieds à la guerre. Il était clair qu'Olga avait coupé l'herbe sous le pied de ses rivales dans le monde de l'espionnage en ce qui concernait Rudolph. Et puis, si la chance voulait qu'il lise et suive ses instructions, arriverait-il à temps ? Il fallait qu'il se dépêche. Elle était sûre qu'après-demain, quoi qu'on fît pour sauver Milly et le vieux monsieur, il serait trop tard, certainement trop tard pour attraper Florence. Demain était ce que les affiches appelaient l'heure zéro. Le restant de la journée se traîna de façon encore plus horriblement lente que la précédente, sans aucun signe de Rudolph. Elle ne pouvait s'empêcher de s'attendre à moitié à ce qu'il lui fît parvenir une sorte de message. Quand sept heures sonnèrent sans que rien ne fût arrivé, elle fut amèrement déçue. Heatherley la ramena en taxi, dîna avec elle et ne la quitta pas des yeux jusqu'à ce que Florence fût prête à la prendre en charge. Sophia ne ferma pas l'œil de la nuit, ne cessant d'envoyer des ondes à Rudolph pour qu'il lise le mouchoir.

Le matin du troisième et dernier jour, Sophia aurait été prête à interpréter quoi que ce soit qui semblât quelque peu mystérieux comme un message codé de Rudolph. Mais rien de la sorte n'arriva. Elle scruta attentivement son œuf à la recherche d'un signe de calligraphie, quelque faible qu'il pût être. La colonne des correspondances du *Times* fut également improductive et Milly ne figurait pas parmi les chiens mis en vente. Il n'était même pas fait mention d'un bouledogue français. En fait d'espoir, son courrier matinal ne lui apporta rien de plus que la lettre mensuelle du rayon épicerie d'Harrods. En fait il devenait évident pour Sophia que Rudolph n'avait pas lu son SOS ou bien qu'il n'y avait pas cru. Deux grosses larmes roulèrent sur ses joues. Elle décida qu'à quatre heures, si rien ne s'était matérialisé pour montrer que Rudolph viendrait à son aide, elle abandonnerait Milly et le vieux monsieur à la mort et pire dans le collecteur principal et se précipiterait hors du poste dans l'espoir de trouver un policier avant d'être elle-même liquidée.

Après avoir pris la décision de cette action définitive, elle se sentit mieux. Elle sauta hors du lit, s'habilla en grande hâte et fit faire le tour de Kensington Gardens pendant au moins deux heures à la pauvre Florence que ses pieds plats faisaient beaucoup souffrir.

Quand Sophia arriva au poste, accompagnée d'une Florence boiteuse, la première personne qu'elle vit fut Mrs Twitchett. Ses doutes furent dispersés dans l'instant et grand fut son soulagement. Il était certain que Rudolph travaillait à ses côtés. Il n'aurait pas été normal que quiconque prît la peine de se déguiser ainsi, par deux fois, pour faire une plaisanterie. Mrs Twitchett était occupée dans la salle de travail, mais trouva le temps, quand Sophia redescendit de son déjeuner à la cantine, de passer au bureau lui rendre son mouchoir. Sophia le mit dans son sac sans même le regarder.

« Si gentil à vous, dit Mrs Twitchett. Je l'ai fait laver et repasser, évidemment. Maintenant pardonnez-moi, mais je dois me dépêcher de retourner en salle de travail. Je suis en plein dans une discussion fascinante avec sœur Turnbull, au sujet des cordons ombilicaux. Merci encore, beaucoup, pour le mouchoir. »

Le déguisement de Rudolph était parfait, et Sophia ne s'inquiéta pas un instant que Florence pût le percer à jour. En son temps il avait monté des supercheries bien plus compliquées et elle-même ne l'avait reconnu que grâce à ce qu'il avait écrit sur sa fiche.

Sophia renifla bruyamment, fouilla dans son sac et sortit le mouchoir. Rudolph l'avait apparemment fait laver et repasser, à moins qu'il ne soit neuf. Elle le déplia lentement, le secoua légèrement et se moucha. Les lettres « OK » étaient imprimées dans un coin, donc tout allait bien. Elle se mit à son tricot. Un calme presque artificiel était descendu sur le poste. Plusieurs personnes, tout comme sœur Wordsworth, étaient malades, et on manquait à ce point de personnel qu'il n'était pas même possible de faire les exercices habituels en salle de soins. La radio, ô joie, était en panne. Une infirmière entra et demanda à Sophia une blouse propre pour entrer au bloc, et Sophia se sentit coupable parce qu'elle savait que la blouse de cette fille s'était perdue au lavage et qu'elle aurait dû en avertir la blanchisserie en y envoyant une carte postale. Tout en en sortant une du magasin, elle assura la fille qu'elle l'avait fait et qu'elle attendait impatiemment la réponse. Il semblait qu'il devait y avoir gala aujourd'hui au bloc, avec deux tumeurs au cerveau et une mastoïdite. L'infirmière attendait cela depuis une semaine. Sophia l'aida à mettre sa coiffe et elle s'empressa d'aller à la fête en chantant gaiement.

Sophia se sentait très nerveuse et se rendit à la salle de soins où les infirmières, privées de leurs exercices habituels, par excès de zèle se passaient mutuellement le bassin. Plus loin, dans la salle de travail, sœur Turnbull et Mrs Twitchett étaient occupées à faire l'inventaire de l'armoire aux poisons, assises par terre. Mrs Twitchett était en train de s'étendre sur les aspects les plus horribles de l'accouchement. Puis Sophia retourna à son bureau, et les heures passèrent les unes après les autres sans qu'absolument rien n'arrive, au point que Sophia avait une folle envie de hurler.

Soudain, juste avant qu'il ne fût temps pour elle de partir, toutes les lumières s'éteignirent. Même si cela arrivait sans cesse au poste, Sophia se retrouva sous la table avant d'avoir eu le temps de contrôler ses mouvements. Un instant plus tard, elle entendit Winthrop écarter le rideau et il se mit à éclairer le bureau à l'aide d'une puissante torche électrique, évidemment à sa recherche. Dans une minute il la verrait. Sophia fut saisie d'un spasme de terreur folle, telle une enfant qui joue à un cache-cache trop réaliste et alors, presque avant qu'elle eût pu se rappeler qu'il n'était pas du tout question de jeu, deux autres torches apparurent dans l'encadrement de la porte et, à la lueur de celle de Winthrop qui était dirigée sur eux, elle vit Mrs Twitchett accompagnée par la forme rassurante d'un policier casqué. Pendant quelques instants on se serait cru dans une scène d'un film de gangsters où il est impossible de comprendre ce qui se passe. Mais, une fois que les coups de feu et les bruits de bagarre eurent pris fin, elle vit qu'on emmenait Winthrop menotté, ce qui lui donna grandement confiance.

« Sophia, où es-tu ? » cria Rudolph.

Elle sortit en rampant de sous la table, se sentant peu héroïque mais soulagée.

« Bien joué, dit-il. Ça va ? »

Il lui prit la main et ils se dirigèrent en courant à travers le poste, qui semblait plein à craquer d'hommes équipés de torches occupés à crier et à courir vers le musée. Lui aussi était rempli de policiers. Ils passèrent devant les frères siamois, les cerveaux, et arrivèrent devant la vitrine des vessies qui était par terre en morceaux et derrière laquelle la porte était ouverte. Dans son encadrement, éclairé par-derrière d'une lumière qui auréolait ses cheveux dorés, se tenait le vieux monsieur, avec Milly dans les bras.

« On a attrapé Winthrop, dit Rudolph, et les deux autres ? »

Sophia était occupée à embrasser Milly, qui faisait preuve d'enthousiasme à la vue de sa propriétaire.

« On dirait qu'elle a beaucoup maigri, dit-elle, sinon elle a l'air très bien. Oh Milly, comme je t'aime.

— Florence et Heatherley ont filé par le collecteur, dit sir Ivor, et je prendrais bien un whisky-soda, mes chers vieux amis. »

15

Rudolph était arrivé juste à temps. Il avoua à Sophia qu'à la lecture de son message il avait d'abord été excessivement ennuyé. On aurait dit que toutes les femmes à Londres étaient en mission secrète. Puis il se rappela que l'attitude de Sophia avait été plutôt bizarre et que, bien qu'elle eût dû savoir qui était Mrs Twitchett, elle ne lui avait pas adressé ne serait-ce qu'un clin d'œil, même quand ils étaient dehors. Elle était très blanche, tendue et anxieuse, et il était bizarre qu'elle eût un mouchoir tout prêt à lui donner. Enfin il y avait quelque chose dans la façon dont le message était rédigé qui lui avait fait penser qu'après tout ce n'était pas une blague stupide mais une affaire qui exigeait qu'on enquête.

Donc, après s'être défait de la personnalité de Mrs Twitchett et avoir de nouveau revêtu l'uniforme, il se dépêcha d'aller à Scotland Yard avec le mouchoir qu'il montra, un peu penaud, à l'inspecteur McFarlane. Mais l'inspecteur, bien loin de se moquer de lui, fut extrêmement intéressé. Il dit à Rudolph que, depuis longtemps maintenant, les autorités soupçonnaient que le vieux Roi diffusait depuis ce pays et qu'en plus, Scotland Yard était sur la piste de trois dangereux espions, chefs d'une bande nombreuse et organisée qu'on savait à Londres, mais qui jusqu'à maintenant n'avaient pu être localisés. On en avait découvert beaucoup sur leurs activités, mais personne n'avait la moindre idée de qui ils pouvaient être ni d'où les trouver. Rudolph lui parla de Florence, de la suggestion qu'il avait faite en plaisantant qu'elle était une espionne, ainsi que du pigeon qui était dans sa chambre, et l'inspecteur, qui était très intéressé d'entendre tout cela, dit que la Boston Brotherhood ou toute autre société loufoque et un accent américain constituaient un admirable écran de fumée pour des espions intelligents. Il ajouta que la bande qu'il recherchait utilisait à coup sûr des pigeons, dont deux avaient été abattus récemment au-dessus de la Manche.

En bref, l'inspecteur dit à ses deux meilleurs hommes qu'il leur fallait trouver un moyen d'entrer dans les caves de Ste Anne. Il conseilla à Rudolph de ne plus essayer de communiquer avec Sophia sous quelque prétexte que ce fût, de crainte de mettre sa vie en danger, jusqu'à ce qu'il en sache plus.

« À propos, dit-il en jetant un coup d'œil sur le mouchoir, qui est Milly ?

— Milly, répondit Rudolph avec colère, car il avait l'air d'un idiot, puisque vous me le demandez, est une foutue chienne.

— Une amie de lady Sophia ?

— Vous vous méprenez, inspecteur. Non, son bouledogue français. Elle est folle de ce damné chien et il est sûr que quiconque voudrait mettre Sophia en son pouvoir de manière infaillible le ferait en kidnappant Milly.

— Je vois. Donc mes hommes vont chercher (à moins que tout cela ne soit une blague) sir Ivor King et un bouledogue français. Si cela se révélait une blague, il ne faudrait pas vous en faire, Mr Jocelyn. En temps de guerre, nous sommes obligés d'explorer toutes les pistes, qu'elles soient apparemment fructueuses ou pas. Tous les jours nous en suivons de fausses et nous nous estimons heureux s'il y en a une sur mille qui se révèle authentique. Je vous suis très reconnaissant d'être venu, et je vous ferai évidemment part des développements éventuels. »

Rudolph se rendit ensuite au Ritz, où il vit Olga en train de raconter à un petit groupe qu'elle était sur la piste d'une bande de dangereux espions qu'elle espérait être bientôt en mesure de livrer toute seule à la justice. Mary Pencill était également présente, qui assurait à ses admirateurs que l'intérêt que la Russie portait à la Finlande n'était que celui d'un grand frère, non, ajouta-t-elle, qu'elle se fît le moins du monde l'avocat de l'actuel dirigeant de la Russie qui avait montré son vrai visage en acceptant les ouvertures d'Hitler.

Au milieu de la nuit, l'inspecteur McFarlane envoya chercher Rudolph. Il avait des nouvelles. Un de ses hommes avait vu le Roi de la Chanson dans son cagibi souterrain. Non seulement cela, mais il avait réussi à tenir une brève conservation chuchotée avec lui. Sir Ivor lui avait dit que la bande s'était maintenant entièrement dispersée, à l'exception de Florence, Heatherley et Winthrop. Florence projetait de partir le lendemain à huit heures du soir. Une heure plus tard, un détonateur, qui était déjà dans une des caves, mettrait en branle une machinerie compliquée reliée aux égouts de Londres qui sauteraient tous, emportant avec eux, évidemment, des centaines de bâtiments et de rues. Le désordre et les pertes seraient prodigieux, d'autant plus que les bombes n'exploseraient pas simultanément et que les gens qui croiraient se mettre à l'abri dans une autre partie de la ville se retrouveraient au milieu de nouvelles explosions. Londres serait en ruine et une proie facile pour les escadrilles qui se suivraient, déversant des parachutistes. Tirant avantage de la désorganisation de la ville, conduits par Heatherley et Winthrop, ils seraient bientôt en possession de Londres. Une fois la capitale détruite et aux mains de l'ennemi, la guerre était pour ainsi dire perdue.

« Donc vous voyez, remarqua l'inspecteur, il valait mieux que vous ne traitiez pas le message de lady Sophia à la légère. Oh, et à propos, sir Ivor a le chien avec lui. Il dit que ses ronflements lui portent sur les nerfs.

— Ça ne me surprend pas. Pourquoi vouloir un chien pareil… ! »

L'inspecteur dit à Rudolph qu'il ferait mieux de redevenir Mrs Twitchett et de retourner au poste. Ainsi il pourrait garder un œil sur Florence et aussi rassurer Sophia, dont les nerfs, si rien n'était fait pour soulager son angoisse, pourraient lâcher, ce qui n'arrangerait pas les plans de l'inspecteur. Il voulait laisser la bande tranquille jusqu'à quasiment la dernière minute, car il était important qu'aucun message ne parvienne à Berlin, ce qui empêcherait l'arrivée maintenant attendue avec impatience des parachutistes. Le ministère de la Guerre débordait de projets pour leur réception.

Tout se passa magnifiquement bien sauf que la panne de courant, pur accident, permit à Florence et Heatherley de plonger dans le collecteur principal avant d'être arrêtés. Elle s'était produite juste au moment où les hommes de l'inspecteur se déversaient dans le poste par l'entrée ainsi que par le collecteur, et avait causé une confusion momentanée.

« Nous aurions préféré les attraper vivants, dit l'inspecteur, mais c'est comme ça. »

Sophia était plutôt contente. L'idée de Florence en Mata Hari vêtue de son renard argenté la dégoûtait et, de plus, ç'eût été embarrassant pour Luke. C'était bien mieux ainsi.

Alors le ciel s'emplit de formes évoquant Dracula qui descendaient lentement dans l'obscurité du couvre-feu. Ces jeunes types, crème de l'armée allemande, furent étrangement reçus. Des escouades de préposés à la défense passive, d'ambulanciers, de scouts, de vendeurs et d'ouvriers en manteaux noirs les attendaient avec des mètres et des mètres de ficelle et alors qu'ils étaient encore à quelques mètres du sol, leur liaient les jambes. Troussés comme des dindes pour le marché de Noël, on les fourra dans des camions de l'armée pour les emmener dans plusieurs grandes maisons bâties par les frères Adam qui avaient été réquisitionnées pour l'occurrence. Bientôt, tous les journaux publieraient des photographies d'eux fumant leur pipe devant un bon feu de bois, avec une photo de leur Führer qui les fixait depuis le dessus de cheminée. Sir Ivor King alla plusieurs fois chanter avec eux des chansons folkloriques allemandes, geste qui fut beaucoup apprécié par le public anglais qui les considérait avec une sorte d'affection condescendante, un peu comme s'ils appartenaient à l'équipe australienne de cricket qui n'aurait pas réussi à remporter le match contre l'Angleterre qu'elle était venue disputer.

16

Sophia ne fut pas acclamée comme une héroïne nationale. Les bons bourgeois de Londres, qui auraient dû lui être reconnaissants, furent très fâchés d'apprendre que, bien qu'en fait leur destruction totale eût été empêchée, cela avait été accompli d'une manière trop désinvolte et avec une marge insuffisante. On critiqua Sophia, et très justement, de ne pas avoir appelé Scotland Yard à la minute où elle avait vu Florence lâcher un pigeon à la fenêtre de sa chambre. Si l'histoire de son incompétence avait été connue, si les faits touchant Milly avaient vu le jour, il est probable que les fenêtres du 98 Granby Gate auraient connu le même sort que celles de Vocal Lodge, qui étaient maintenant en train d'être remplacées, avec gratitude et remords, aux frais de tous les résidents de Kew Green. En fait, la presse quotidienne fut avare d'éloges pour Sophia, qui ne recevait que de maigres applaudissements quand elle apparaissait aux nouvelles filmées.

En tout cas, le Roi de la Chanson s'était haussé à une telle hauteur dans les cœurs de ses concitoyens qu'il n'y aurait presque pas eu de place pour quelqu'un d'autre. Chaque fois qu'il se montrait en public, même aux bains turcs, il était porté en triomphe. Le taxi qu'il avait modestement pris pour le ramener du Ritz, où il avait passé la nuit après avoir été libéré, fut tiré jusqu'à Vocal Lodge à l'aide de guirlandes de laurier par des auxiliaires du service territorial à travers une foule dense et hystérique. Le trajet prit deux heures et demie. Il arriva en même temps que les trois camions de meubles que lady Beech avait eu la prévenance de lui prêter de nouveau. Larch, terrassé par la honte au souvenir de son reniement digne de saint Paul, sanglotait sur le pas de la porte, les vitriers travaillaient encore sur les fenêtres, et en fait l'endroit était si désorganisé que sir Ivor remonta dans le taxi, espérant beaucoup qu'on lui permettrait de revenir par ses propres moyens. Mais le conducteur, content d'avoir l'occasion d'économiser de l'essence, fit signe à l'équipe locale de décontamination qui saisit les guirlandes et le ramena au Ritz. Ce trajet, dû au fait que les hommes de l'équipe de décontamination portaient leurs vêtements antigaz et leurs masques, dura trois heures et demie, et l'un d'eux mourut d'un arrêt du cœur au bar peu après leur arrivée.

Tous les secrets du système d'espionnage allemand étaient maintenant un livre ouvert pour l'astucieux vieux chanteur, qui avait eu l'occasion d'accéder à de nombreux documents secrets pendant sa captivité et avait retenu tout ce qui avait de l'importance. Ce n'est pas pour rien qu'il avait la réputation d'apprendre un opéra entier entre le thé et le dîner. Codes, cartes de bases aériennes, plans militaires, dispositions navales, tout cela était maintenant au service de contre-espionnage de l'armée, cependant que les préparatifs pour l'occupation de l'Angleterre étaient publiés dans un livre blanc pour la plus grande joie du public.

Il était universellement reconnu que sir Ivor avait brillamment joué. Quand Winthrop, *alias* Gustav, l'avait approché peu avant le début de la guerre pour lui proposer une somme colossale en échange de ses services à l'Allemagne, il y avait immédiatement vu une merveilleuse occasion d'aider son pays. Il avait accepté, en partie, ainsi qu'il le dit à Winthrop, parce qu'il avait besoin d'argent, et en partie parce qu'il croyait fermement en l'esclavage. Puis, très intelligemment, il avait résisté à la tentation de communiquer avec Scotland Yard avant de disparaître. Dans le cas contraire, les Eiweiss, par l'intermédiaire de certains officiels haut placés qui languissaient maintenant dans la Tour, auraient inévitablement découvert le pot aux roses et le « meurtre » du vieux monsieur en eût été un en vérité.

Les Eiweiss, amis proches de Hitler, préparaient leur coup depuis le putsch de Munich en 1923 et, sous les noms de Heatherley Egg et Florence Turnbull, étaient des citoyens américains bien connus et les lieutenants en qui Frère Bones avait le plus confiance. S'ils étaient connus pour être des emmerdeurs des deux côtés de l'Atlantique, nul attribut plus sinistre n'avait été soupçonné chez eux, par quiconque moins que par le bon Frère. Finalement il semble qu'ils aient été perdus par une sorte de naïveté enfantine. Sir Ivor avait toujours pu dissiper, dès qu'ils naissaient, les doutes sur sa bonne foi en leur parlant de son vieux professeur de musique de Düsseldorf, des Noëls allemands qu'il aimait tant, du duel qu'il avait eu étant étudiant et de ses souvenirs de la vieille brasserie. Il suscitait en leurs âmes une nostalgie de la patrie, endormant ainsi d'éventuels soupçons. Imaginez avec quel ravissement ses concitoyens apprenaient maintenant sa duplicité. Le vieux professeur de musique (mort depuis longtemps, l'émission, tout comme le duo avec Frau Goering, avait été une supercherie) était en fait un juif polonais, le Roi détestait la bière, n'avait jamais passé un Noël en Allemagne, et la cicatrice qu'il avait à la tempe provenait en réalité d'un accident de bicyclette très ancien quand il avait fait le tour de l'île de Wight avec feu la duchesse et lady Beech, en culottes bouffantes.

Quant à Rudolph, alors que tout le monde reconnaissait la valeur de sa contribution, personne ne pouvait s'empêcher de sourire. Le public l'adopta comme une sorte de tante de Charley, personnage de la fameuse farce de Brandon Thomas, et il figura bientôt dans de nombreux numéros de music-hall. Son colonel le convoqua pour attirer son attention sur le règlement qui interdisait aux officiers de paraître en péquins en temps de guerre.

Sophia donna un dîner en l'honneur du Roi de la Chanson et de l'heureux retour de Luke. Les invités étaient lady Beech, Fred et Ned ainsi que leurs épouses, Mary Pencill, sœur Wordsworth, les Gogothska, Rudolph, une fille prénommée Ruth que Luke avait rencontrée sur le bateau et qui occupait maintenant la chambre de Florence au 98 Granby Gate et, bien sûr, le Roi de la Chanson lui-même affublé de la perruque qui avait été trouvée par les innocents gambadeurs de Kew Green, et qu'il avait empruntée au musée des horreurs de Scotland Yard pour la soirée.

Olga arriva suffisamment tard pour être sûre d'être la dernière, mais pas tard au point qu'on aurait commencé à dîner sans elle.

Des années de pratique lui permettaient de trouver le moment exact. Elle portait l'uniforme de son important travail de guerre et une petite tiare qu'elle avait rachetée à l'Américain qui l'avait achetée au père de Serge. Elle était associée à l'Histoire, ayant appartenu, prétendait-elle, à la Grande Catherine dont l'un des ancêtres de Serge, évidemment, avait été l'amant. Sophia avait fait un jour très mauvaise impression en demandant si les diamants étaient jaunis par l'âge ou si la Grande Catherine avait été déçue par l'ancêtre de Serge. Olga se fit le centre de l'attention en annonçant qu'elle partait presque sur-le-champ au Kurdistan pour une mission très importante.

« Demain, déclara-t-elle, je vais dans le Suffolk dire adieu à Moushka et je pars au début de la semaine prochaine. »

Moushka était la vieille Mrs Bagg. À l'époque prérusse d'Olga, elle était connue sous le nom de Mummie, ce qui était très bien pour la mère de Baby Bagg. Mais la princesse Olga Gogothsky avait besoin d'une Moushka. Quant à Serge, il appelait toujours ses parents Pa et Ma et il prononçait son propre prénom, ainsi que tous ses amis, comme on fait pour désigner l'étoffe dont sont fabriquées les jupes des écolières. Olga l'affectait d'une modulation tout à fait différente : « Sairgueï. »

« Je suppose, maintenant que Sophia a attrapé tous les espions de Londres, qu'il ne te reste plus grand-chose à faire ici, dit Rudolph, loyalement.

— Espions ! » La princesse imprima une torsion méprisante à ses lèvres comme si les espions étaient énormément indignes de son attention ces temps-ci. « Non, j'ai des affaires à traiter là-bas, pour mon Chef, avec les Kahns. »

Personne ne demanda qui étaient les Kahns.

Serge était au septième ciel. Apparemment, en s'engageant sous un faux nom en tant que simple soldat, il était parvenu à retrouver son *Blossom*. Décidé à ne pas le perdre une seconde fois, il était maintenant à l'eau mais même cette expérience n'avait pas entamé sa bonne humeur et il semblait être le plus heureux des Russes.

Fred et Ned avaient encore une fois échangé leurs positions. Ned avait échoué au ministère encore plus gravement que ne s'y était attendue la Grande-Bretagne et il y avait eu, le jour précédant le dîner de Sophia, une purge au cours de laquelle on avait envoyé Ned tenter sa chance ailleurs. Comme nous ne vivons pas encore sous un régime totalitaire, cet ailleurs était, évidemment, la Chambre des lords. Entre-temps, Fred, que le retour triomphant de sir Ivor King avait réinstallé dans l'estime tant populaire que ministérielle, avait retrouvé son ancien poste. Ce changement était, heureusement, à la satisfaction des deux parties. Depuis quelque temps la femme de Ned lui faisait passer des nuits atroces en se plaignant qu'à son âge (elle avait presque trente ans) elle avait l'air ridicule de n'être pas encore pairesse tandis que Fred n'avait jamais considéré le *Blossom* avec l'ardeur de Serge et qu'il avait en réalité passé son temps à rêver à ce ministère.

Fred et sir Ivor se mirent bientôt à parler de la campagne de Propagande par la Chanson qui devait être lancée la semaine suivante.

« Nous devons nous concentrer particulièrement, bien sûr, sur des émissions pour animaux plus longues et fouillées qu'avant, dit le ministre.

— Vous plaisantez !

— Quoi ? Pas du tout.

— Évidemment, je n'ai fait les émissions pour animaux que pour agacer les Allemands, dit sir Ivor, et j'espérais aussi qu'elles montreraient aux gens d'ici que toute l'affaire était bidon.

— Alors vous avez beaucoup sous-estimé notre amour anglais pour les bêtes, répondit pompeusement

Fred. Laissez-moi vous dire que les émissions pour les animaux étaient les seules qui inquiétaient le gouvernement : il n'y avait pas dans tout le pays un homme, une femme ou un chien qui ne les écoutait pas. Vous auriez dû voir, par exemple, à quel point Abbie et Milly les aimaient. Elles n'en rataient pas une. Et c'est grâce à vous qu'il existe maintenant une Société des Animaux de compagnie pour la Paix et l'Esclavage qui a littéralement des milliers de membres. Les animaux portent d'horribles petits badges et paient une demi-couronne. Ils ont tenu une convention gigantesque la semaine dernière au Dell de Hyde Park.

— Nous allons bientôt changer tout ça, déclara le vieux monsieur. Je vais fonder une Société pour les Animaux patriotiques et je ferai payer cinq shillings.

— Vous voulez venir dîner tous les deux ? »

Sophia se plaça entre le Roi de la Chanson et Luke parce que, ainsi qu'elle l'expliqua, elle n'avait pas pu dire un mot à Luke depuis son retour. « Il faut qu'on prenne l'avion », dit-elle tout bas à son parrain, qui comprit. Ils le prirent. Après un moment ils purent laisser Luke et Ruth le prendre, avec lady Beech qui, comme les Athéniens, aimait la nouveauté, et qui prêtait l'oreille de temps à autre. Le lever de soleil rose, le coucher de soleil rose, le lever de soleil suivant et la cuisine.

Sophia demanda à sir Ivor ce que signifiait « Correspondance 22 », mais il fut aussi incapable de résoudre le grand mystère de l'œuf que l'avait été Heatherley.

« Allons, jeune et jolie dame, dit-il. Comment aurais-je pu parvenir jusqu'à ton œuf ?

— Je sais, mais dans les romans d'espionnage on dirait que les gens arrivent à faire ce genre de choses. »

Ned s'immisça dans la conversation avec la nouvelle selon laquelle aujourd'hui les œufs avaient des choses écrites dessus.

« J'imagine qu'il y a une ferme qui s'appelle Correspondance et que cet œuf a été pondu en 1922, dit-il.

— Mais pourquoi y aurait-il une ferme appelée Correspondance ?

— On ne sait jamais. Parfois les fermes ont des noms très bizarres. Quand j'étais sous-secrétaire à l'Agriculture…

— À propos, Sophie, tu dois un peu moins craindre les parachutistes, non ? » demanda Fred. Tout pour empêcher Ned de parler de l'époque où il était sous-secrétaire à l'Agriculture.

« Eh bien oui, mais il y a une nouvelle horreur tellement affreuse. Je ne pense qu'à ça. J'ai lu dans le journal que les Allemands emploient des espions nains si petits qu'ils peuvent se cacher dans un tiroir. Résultat, maintenant je n'ose plus chercher un mouchoir.

— Ne t'inquiète pas ; nous les avons presque tous pris. Le gouvernement lance un appel demain pour collecter de vieilles maisons de poupées qui leur serviront de prison. »

Lady Beech, après avoir entendu jusqu'au dernier vrombissement des moteurs de l'avion, attira quelques regards, car elle aimait la conversation générale, se pencha au-dessus de la table et dit à son beau-frère : « Dis-moi, mon cher Ivor, quel genre de vie avais-tu sous le poste de secours ?

— Oh oui, dirent tous les autres, racontez-nous comment c'était.

— Épatant, dit le vieil edwardien. Ils m'ont construit un bain turc dans lequel je passais des heures chaque jour. Et un des membres de la bande (je pense que tu te le rappelles, Sophie, un brancardier du nom de Wolf) avait été coiffeur sur un de ces transatlantiques et il me brossait le… euh… cuir chevelu de manière particulière pour stimuler la repousse. Et pardieu, ils ont repoussé ! » Et effectivement, sir Ivor enleva sa perruque et montra fièrement quelques petits bouts de duvet blanc. « Après toutes ces années, dit-il. J'étais complètement chauve à trente ans, vous savez. Ce type doit être un génie. Il est maintenant dans la Tour et je vais demander l'autorisation au ministère de l'Intérieur d'aller le voir une fois par semaine pour me faire soigner. C'est tout ce que je demande en retour de mes services pas insignifiants.

— Dis-moi, Ivor, tu n'étais pas affreusement angoissé à mesure que les semaines passaient et que tu n'avais pas de communication avec le monde extérieur ?

— Pas du tout. Je sais à quel point les Allemands sont idiots, voyez-vous… j'étais sûr qu'ils se trahiraient un jour ou l'autre, ce qu'ils ont fait et tout a été OK. Exactement comme je m'en étais toujours douté.

— Ça a quand même été juste ? dit Luke.

— Il ne faut pas perdre la boule, dit le vieux chanteur. C'est la même chose de rater d'un kilomètre ou d'un cheveu, n'est-ce pas ? »

MIXTE
Papier issu de
sources responsables
FSC® C003309

10/18, une marque d'Univers Poche,
est un éditeur qui s'engage pour
la préservation de son environnement
et qui utilise du papier fabriqué à partir
de bois provenant de forêts gérées
de manière responsable.

Imprimé en France par CPI

N° d'impression : 3025393
Dépôt légal : mars 2015
X07239/61